Susanna Tamaro

EL ÁRBOL

Traducción de Guadalupe Ramírez

PUCK

Argentina - Chile - Colombia - España
Estados Unidos - México - Uruguay - Venezuela

Título original: *Il Grande Albero*
Editor original: Salani Editore, Milano
Traducción: Guadalupe Ramírez Muñoz

Copyright 2009 *by* Susanna Tamaro
All Rights Reserved
© de la traducción 2010 *by* Guadalupe Ramírez Muñoz
© 2010 *by* Ediciones Urano, S.A.
    Aribau, 142, pral. – 08036 Barcelona
    www.mundopuck.com

ISBN: 978-84-96886-19-3
Depósito legal: NA. 443 - 2010

Edición y fotocomposición: Esmena, Sant Francesc, 11
08760 Martorell (Barcelona)
Impreso por Rodesa S.A. – Polígono Industrial San Miguel
Parcelas E7-E8 – 31132 Villatuerta (Navarra)

Impreso en España – *Printed in Spain*

Para Nathan, Letizia y Susy,
que comparten conmigo la alegría del jardín.

EL GRAN ÁRBOL

1

Esta historia comienza hace muchos, muchos años, cuando una pequeña semilla alada se desprendió de una piña suspendida en una rama y, tras revolotear unos instantes por el aire, planeó hasta el centro de un gran claro.

Era una mañana de finales de primavera, de las altas cumbres llegaba aún el olor frío de la nieve y los riachuelos bajaban hasta el valle crecidos por las aguas del deshielo.

Al alba, los pájaros cantaban como una única y extraordinaria orquesta. Petirrojos, verderones, pinzones, jilgueros y pinzones reales se disputaban el papel de solista.

Pronto el aire se llenaría de insectos, había llegado el momento, pues, de buscar una compañera y de establecer los límites de lo que sería el pequeño reino de la familia.

Durante el día, vuelos frenéticos cruzaban los prados. Las parejas más jóvenes dudaban entre las hojas y los líquenes: ¿iría bien esa ramita, sería bastante larga? ¿Y si utilizáramos también aquel hilo de lana y esas crines enredadas en el zarzal?

Crear un hogar por primera vez era siempre motivo de gran ansiedad. ¿Tendrán suficiente abrigo los huevos aquí? Y los pequeños, al crecer, ¿no estarán demasiado apretados? ¿Y si nacieran más de los previstos?

Las parejas con experiencia sentían ternura ante tantos temores.

—No tengáis miedo —les decían, mientras entrelazaban con habilidad el musgo con las ramitas secas—. ¡Tened confianza! Todo está ya en vuestro corazón.

Pasada una semana no había rama, fronda o matorral en el bosque que no ocultara la pequeña y acogedora esfera de un nido.

Algunos eran redondos y minúsculos, suave musgo por fuera y mullida lana por dentro. Otros, más grandes, trenzados sólo con ramitas. Otros —una maraña de líquenes, hojas secas y tallos— colgaban de los árboles como los calcetines para los regalos en Navidad.

Cada uno había sido proyectado y construido según las necesidades de las futuras crías, con bordes altos y sólidos para mantener el calor durante las noches todavía frías y resistir a la audacia de los polluelos más aguerridos, protegiéndolos, al mismo tiempo, de la vista de los predadores.

Un buen día, en el bosque, a la frenética actividad de la obra le siguió el tierno silencio de la incubación.

Mientras los machos buscaban comida para sus hembras se sucedieron unos días de fuertes lluvias.

La lluvia azotó los árboles y los prados, empapó los troncos y alimentó el suelo, y las semillas, en paciente espera en la tierra, empezaron a hincharse. Después de la lluvia volvió el sol, y la cutícula —que las envolvía como un vestido demasiado estrecho— se rompió.

También se abrió la pequeña semilla alada, anclándose con su minúscula raíz en la tierra y lanzando una tierna plumilla hacia lo alto, en busca de la luz.

En el bosque empezaron los nacimientos.

Las nidadas piaban a la espera de sus padres, escondiéndose ante la más mínima sombra amenazadora: también los cuervos, los gavilanes y los búhos tenían crías que alimentar.

Sin pelaje aún, los lirones, las ardillas y las musarañas dormitaban en las madrigueras, mientras los jóvenes musgaños daban sus primeros pasos en las galerías debajo del musgo y las pequeñas culebras, deslizándose, salían de sus huevos cilíndricos.

Cuando más tarde los días comenzaron a alargarse, las fuertes lluvias se volvieron mansas y por la mañana el rocío cubría los prados y las flores con un manto de gotas luminosas.

El atardecer parecía no tener fin. Su luz rosada lo acariciaba todo, como si quisiera proclamar el esplendor encerrado en el mundo.

Al final llegó el verano con su tranquila serenidad y el sotobosque se llenó de arándanos.

Los pájaros habían abandonado los nidos para ir al encuentro de la aventura de la vida, y lo mismo hicieron, con sus tambaleantes patas, los cachorros de la tierra.

Llegó el momento del silencio y del descanso.

Después, una mañana, sobre las cimas más altas apareció la nieve. Cubría las rocas, los profundos surcos de las montañas y la vegetación oscura y baja de los pinares.

El olor del aire cambió, las golondrinas de las granjas cercanas comenzaron a emprender el vuelo para dirigirse hacia países más cálidos y sobre el suave manto de agujas del bosque empezaron a despuntar setas de todas las formas y colores.

Cuando el rey de los ciervos bajó al claro para desafiar a los pretendientes al trono, los alerces se habían convertido ya en pequeñas llamas ardientes y —en pleno centro del claro— había despuntado un pequeño abeto.

Era aún tan pequeño y flexible que se confundía con la hierba.

Por eso logró sobrevivir a los fieros torneos de la manada.

El primer espectáculo de su larguísima vida.

2

Ya se sabe, la vida de los árboles no puede ser nunca especialmente excitante. Por su naturaleza, están obligados a permanecer quietos en el mismo lugar, no pueden decidir hacer un viaje, explorar nuevas tierras o pasear en busca del alma gemela.

Deben permanecer para siempre donde el cielo los hace brotar. Para encontrar el amor y generar prole deben entregarse al viento, a los insectos o a la voracidad de los pájaros. Para crecer —y seguir viviendo— deben esperar el agua que les manda el cielo.

Sólo en la muerte se diferencian sus vidas. Unos son devorados por dentro por minúsculos coleópteros, replegándose sobre sí mismos como un trapo mojado, y otros son invadidos por el moho, por hongos o por algún parásito que destruye sus raíces. Unos mueren en la pira colectiva de un incendio y otros caen bajo los chirridos de la sierra.

Sólo a los más longevos, grandes y solitarios, les está reservado el privilegio de ser fulminados por un rayo.

Pero incluso en la inmovilidad se diferencian. Está el que nace solo en un claro y el que crece en la espesura de un bosque, codo con codo con muchos otros.

Un árbol solitario es un árbol que contempla, mientras que uno que vive apretujado entre sus semejantes —como en el metro en la hora punta— antes o después se ve obligado a conversar.

¿Y qué tipo de conversación se puede dar, cuando el panorama es siempre el mismo y no existe el enriquecimiento del descubrimiento y de lo imprevisto?

Desde que el mundo es mundo, el aburrimiento de grupo genera un solo tipo de discurso: un discurso variado —y sin embargo muy monótono— que se llama chismorreo.

Así, nuestro claro estaba rodeado por un espeso bosque, como el público de un anfiteatro. Las primeras filas se componían sobre todo de abetos y alerces, pero no faltaban tampoco varios nogales al lado de arces de montaña y un par de hayas de aspecto más bien enclenque.

Fue precisamente un haya la que descubrió, una mañana de primavera, al pequeño abeto que había despuntado en medio del claro.

—¡Oooooh! Mirad allí abajo —susurró con voz aflautada—. ¡Hay un pequeñín!

—¡Ooohhh! —respondió el bosque en coro—. ¡Qué pequeño es! ¿Cómo habrá podido llegar hasta allí?

—Pues no es la primera vez —sentenció el nogal más grande, con su timbre de barítono—. ¿Os acordáis? Hace diez o doce primaveras sucedió lo mismo: creció una cosita ahí en medio.

—Ya, ya —confirmaron los arces—, ¿y qué era?

—Un alerce, si no me equivoco. ¿Recordáis cuánto duró?

—¡A decir verdad no nos acordamos ni de que haya existido! —dijeron con sarcasmo los abetos, en vieja polémica con los alerces.

Fue el nogal el que se acordó:

—Dos estaciones, tres como mucho. A la cuarta era un palillo reseco.

—¡Ésta es una campaña difamatoria contra nosotros! —murmuraron los alerces.

—No, es una simple constatación —observó el más destacado de los abetos—. Tenéis agujas como nosotros, pero las perdéis en otoño como esas tísicas hayas. Por lo tanto no estáis ni aquí ni allí, ni chicha ni limonada. Naturalmente, no es culpa vuestra sino de Quien, imaginándoos, ha mezclado las cartas.

—Llamarnos tísicas es discriminatorio —protestaron las enfurecidas hayas—. Sois tan ordinarios que no comprendéis que lo nuestro no es enfermedad sino elegancia. Somos elegantes, nobles, distinguidas.

En definitiva, la llegada del recién nacido causó un desbarajuste en la adormecida paz del bosque que rodeaba el claro. Por fuerza, todos los ojos lo observaban y las bocas no hacían otra cosa que hablar de él.

A cada estación, cuando la nieve empezaba a derretirse, llovían las apuestas. ¿Lo habrá logrado? ¿Estará vivo? ¿Estará muerto?

—Pobrecito, tan solo, con este frío, nos gustaría poder darle calor con nuestras hojas... —murmuraban cada otoño las hayas, protectoras por naturaleza.

Al cuarto año resultó evidente para todos que se trataba de un abeto.

—Esas agujas tan tiernas les apetecerán a los corzos —observó insidioso el viejo nogal.

—No llegará al quinto año —pronosticaron los alerces—. El hielo y el peso de la nieve lo partirán. Las cosas serían muy distintas si tuviera ramas desnudas y ligeras, como nosotros.

Nunca hubo un vaticinio más erróneo.

Año tras año, gracias a la abundante luz y al aire que lo rodeaba, el pequeño abeto siguió creciendo. Crecía recto sin ninguna indecisión, con ramas largas y oscuras, cubiertas de abundantes agujas de un color verde intenso.

A los diez años ya se veía que tendría un temperamento majestuoso y que, en esa majestuosidad, no había arrogancia.

Los abetos del bosque estaban orgullosos y no fueron pocas las discusiones para atribuirse la paternidad.

—¡La piña era mía!

—¡No, era mía!

—¡Observa la trayectoria y razona! ¿Te acuerdas de cómo soplaba el viento aquel día? Lógicamente sólo puede ser mío.

Nadie podía imaginar entonces que esa manera suya de crecer y ese aspecto, un día, muy lejano, lo llevarían a vivir una aventura realmente única para un árbol.

3

Como todos los jóvenes, el abeto estaba lleno de curiosidad y de preguntas. Miraba a su alrededor y no dejaba de asombrarse por todas las cosas que sucedían en cada estación.

Pasó los primeros inviernos dormitando en el cálido refugio bajo la nieve que lo cubría. Pero cuando fue lo suficientemente grande para que su cabeza asomara, empezó a observar el baile de las liebres y el escarbar de los ciervos en el suelo helado buscando hierba escondida.

En primavera, los pájaros se posaban sobre sus oscilantes ramas.

—¿Haréis el nido aquí? —preguntaba cada vez, esperanzado.

—Oh no, eres demasiado joven, tienes las ramas elásticas. A la mínima brisa, los polluelos caerían al suelo.

El pequeño abeto esperaba ansioso la llegada de los nidos porque lo distraerían, le darían alegría y sobre todo porque sería una señal de madurez, un poco como la incipiente barba para los jóvenes.

Y, además, ¿qué árbol se puede considerar tal si entre su fronda no acoge y protege la vida?

Así, a pesar de las cosquillas que le hacían, recibió con alegría a las primeras ardillas que se perseguían sin tregua desde las raíces hasta la cima y desde la cima hasta las raíces.

—¿Os gusto como guarida? —les preguntó tímidamente.

—¡Nos gustarás, sí, nos gustarás cuando tengas barba! —le contestaron, sin dejar de correr.

Entonces el pequeño abeto hizo lo único que un árbol puede hacer.

Esperó.

Esperó que se sucedieran las estaciones.

Esperó un año, dos, cinco, diez, quince, veinte.

Al comienzo del trigésimo año, sus ramas empezaron finalmente a cubrirse de largos líquenes plateados que se mecían al viento, como las barbas de un viejo sabio.

Hacía varias primaveras que tenía piñas y que una gran cantidad de pájaros e insectos vivían ya de forma estable entre sus ramas.

De vez en cuando, seguían llegando comentarios del bosque que lo rodeaba.

—Crece bien recto, eh, el joven —observaron las hayas.

—Vaya mérito. ¡Es muy fácil estando solo! Él no tiene que dar codazos como nosotros para alcanzar un rayo de sol —puntualizaron los alerces.

—El sol besa a los guapos —comentaron los abetos al unísono.

—De la belleza a la vanidad el paso es corto —sentenció el nogal—. Miradlo, ¿no os parece demasiado pagado de sí mismo?

—Sí, sí, pagado de sí mismo, arrogante, altanero, engreído.

Decepcionadas en sus maternales expectativas, las hayas estuvieron de acuerdo:

—Pues, es verdad, de vez en cuando podría acordarse de saludarnos, de decirnos algo. En el fondo, lo hemos visto nacer, lo hemos protegido cada invierno del hielo sacrificando nuestras hojas para él.

—No hay duda de su belleza. Pero ¿tendrá cabeza? —insinuaron los arces.

—Es evidente que no; si no, hace tiempo que habría dejado de crecer —suspiró el viejo y torcido alerce—. Cuanto más creces, más erguido estás y más apetecible resultas para los leñadores. Y así, una mañana sale el sol, el rocío cubre tus ramas, crees que es un día como los demás y, de repente, zas, zas, zas, en pocos minutos tu perspectiva cambia para siempre: de vertical se vuelve horizontal y ya no eres un árbol sino madera lista para convertirse en un mueble o en un arcón...

Los ejemplares más raquíticos, los que no habían llegado nunca a ver el sol, dijeron con sorna:

—Pues sí, mala cosa estar erguidos. Mala cosa tener follaje pero no tener cabeza.

Sin embargo, muchos árboles del bosque permanecieron mudos en un denso silencio, porque el leñador —el hombre de la sierra y el hacha— invadía sus noches con terribles pesadillas.

Naturalmente el pequeño abeto —que mientras tanto se iba haciendo grande— no era en absoluto arrogante ni presuntuoso.

De haber sabido que las hayas se sentían decepcionadas, se habría comportado como un verdadero caballero, las habría tratado con amabilidad, como se hace con las viejas tías un poco ansiosas.

También habría sido cortés con los alerces y habría escuchado con paciencia los sabios comentarios de ese viejo fanfarrón que era el nogal, si tan sólo hubiera sido consciente de los comentarios que se hacían a su alrededor.

Para los árboles del bosque, él era como una *prima donna* en el escenario, iluminado desde el alba hasta el anochecer por los rayos de sol en el centro del claro. Pero para el joven abeto, la muchedumbre que circundaba el gran prado no difería del telón de fondo de un teatro, una masa de verde indistinto desde la que, de vez en cuando, irrumpía ruidoso el galopar de una manada de ciervos.

4

Pasaron los años. Decenas de años. El pequeño abeto se había convertido en un verdadero gigante. Según los verderones y los jilgueros, que disfrutaban paseando por los bosques, era el abeto más grande de todo el mundo conocido.

Era tan majestuoso y único por su belleza que todos los pájaros, las ardillas y los lirones de la región, cuando hablaban entre ellos, usaban simplemente el pronombre.

Él.

—¿Anidaréis en él? —se preguntaban las jóvenes hembras, cuando los días empezaban a alargarse.

—Sería un sueño. Ojalá. Puede que tengamos alguna posibilidad el año que viene.

De hecho, anidar en el gran árbol se consideraba un privilegio, la lista de espera era muy larga y para una joven pareja —una pareja de primera pluma— era imposible instalarse entre sus ramas. La vista desde arriba era espléndida y el sol llegaba a filtrarse durante unas horas entre la espesura, alejando así el espectro del raquitismo de los jóvenes polluelos.

Desde hacía varias generaciones, una familia de ardillas se había instalado en la mitad del tronco, aunque no era una buena solución porque en lugar de planear hacia su hogar por el aire, saltando de rama en rama, como sucedía en los bosques, se veían obligadas a alcanzarlo desde la tierra, desafiando las insidias del espacio abierto. En ese lugar, sobre todo en invierno, su pelaje oscuro destacaba sobre la nieve y el riesgo de que las rapaces las avistaran era muy elevado.

Pero así como todos los hombres son diferentes unos de otros, también las ardillas lo son. Existen ardillas tímidas y ardillas atrevidas, ardillas astutas y ardillas menos astutas, ardillas miedosas y ardillas capaces de enfrentar con valentía cualquier cosa. Hay algunas que sólo piensan en acumular avellanas y bellotas, en cambio a otras les gusta alcanzar las cimas más altas y disfrutar de las tonalidades que adopta la luz a la puesta de sol.

La primera ardilla que fue a vivir al gran árbol pertenecía precisamente a esta última categoría. Llegada por casualidad entre sus majestuosas ramas, respiró de inmediato un aire distinto, así que trepó velozmente hasta la cima, donde se quedó largo rato contemplando el panorama.

Soplaba una suave brisa, las ramas del árbol se balanceaban ligeramente y el pelaje de la cola de la ardilla se hinchaba levitando como un pequeño paracaídas.

El sol se estaba poniendo, y la luz rosada acariciaba la nieve que quedaba sobre las cimas y en los surcos de las montañas. Los vencejos bordaban el aire, persiguiendo una miríada de pequeños insectos con su agudo silbido.

Un poco más lejos había una granja grande.

Unas gallinas escarbaban sobre montones de estiércol mientras el hijo del dueño, con una vara en la mano, llevaba las vacas al establo.

Libre del arado, el caballo pastaba en el prado delante de la casa.

Salía humo de la chimenea.

Pronto la familia se reuniría en torno a la mesa para cenar.

Desde una ventana abierta, la voz cristalina de una joven ensayaba un canto sacro: «*Gloria,*

gloria», repetía, «*in excelsis deo*».

Mientras las sombras se alargaban sobre el paisaje circundante, la ardilla mayor del grupo respiró profundamente.

Sí, ése era el paisaje que quería que vieran sus hijos.

Y los hijos de sus hijos.

Y los nietos de sus hijos.

Y los nietos de los nietos de los nietos.

La gloria de ese espectáculo debía transmitirse de generación en generación. Mientras quedara una sola ardilla de su estirpe sobre la faz de la tierra no se debían desperdiciar ni una de esas puestas de sol, ni uno de esos amaneceres.

Encontrar una compañera que compartiera su elección no fue empresa fácil. Todo iba muy bien hasta que las llevaba allí arriba. Cuando llegaban entre las ramas del gran árbol y les decía: «Querida, ésta será nuestra casa», las reacciones eran de lo más diversas.

«Pero ¿cómo? Pensaba que habíamos venido aquí arriba sólo para tomar un aperitivo.»

«¿Sabes?, no te lo he confesado nunca, pero tengo un poco de vértigo.»

«Oh, no, mi madre nunca me lo permitiría, estamos demasiado lejos de su casa.»

«¿Y cómo voy yo a vivir sin mis amigas, como una col olvidada en un huerto?»

Las más irascibles exclamaban: «Ni hablar. ¿Te das cuenta? Tendría que volver siempre a casa a pie con la compra, mientras todas las demás saltan cómodamente de rama en rama».

Cuando ya empezaba a desesperar, su constancia fue finalmente premiada. Conoció a una ardillita joven con una gran cola que tenía unas lindas tonalidades cobrizas. Al atardecer, cuando llegaron a la rama más alta le hizo la pregunta de rigor. Ella permaneció en silencio un momento, después lo miró con ojos luminosos.

—¿Lo dices en serio?

—No me permitiría jamás tomarte el pelo.

—Nunca hubiera podido imaginar un lugar más bonito donde criar a mis hijos.

Entonces él corrió a coger la nuez de compromiso y la comieron juntos, mejilla contra mejilla, mientras las sombras se alargaban en el claro y el sol desaparecía detrás de las cimas nevadas.

5

Los primeros cien años de vida, después de todo, fueron más bien tranquilos. El gran árbol crecía, como crecían y morían los árboles a su alrededor.

En otoño caía la nieve en el claro del bosque y se sucedían los reinados de los ciervos. En pleno invierno los hambrientos corzos escarbaban con las pezuñas en busca de alguna brizna de hierba y cuando en primavera la nieve se derretía aparecía la alfombra a manchas violeta de los iris silvestres. Al despuntar la hierba nueva, llegaban las vacas, acompañadas por un chiquillo descalzo.

Ese niño fue el primer ser humano que el gran árbol conoció.

Era tranquilo y, en los días templados, pasaba horas y horas tumbado en el prado mientras las vacas rumiaban plácidas a su alrededor. De una caña confeccionó una flautilla que lo acompañaba en las interminables tardes de principios de verano.

El aire estaba lleno de insectos y los petirrojos y los reyezuelos realizaban acrobacias para capturarlos.

Durante las horas de más calor el niño se protegía bajo su sombra, se sentaba con la espalda contra el tronco y con los dedos buscaba las gotas de resina esparcidas a lo largo de la corteza.

El contacto con ese cuerpo no era en absoluto desagradable: era tibio y al respirar se movía al mismo ritmo que su savia.

¿Era ésta la criatura a la que debería temer más que a ninguna otra?

Al gran árbol le parecía imposible que ese cachorro sin pelaje, enamorado de sus cancioncillas, fuera el más peligroso de sus enemigos.

Y, sin embargo, eso era lo que murmuraba constantemente el gran bosque, uniéndose a la voz de sus antepasados que resonaba dentro de él.

El hombre trae el fuego, el hombre tiene hachas, el hombre fabrica sierras y con las sierras construye bancos, mesas, arcones y armarios. Tú no eres más que su cama de mañana, su arado, su ataúd.

Tras algunas estaciones, el niño transformado en joven llegó acompañado de una niña y al año siguiente fue ella sola la que llevó las vacas a pastar.

Cuando el gran árbol fue lo suficientemente alto para ver también los campos y los pastos más allá de la granja, reconoció al joven, ahora un hombre de largos bigotes, que araba un campo poco distante.

Y vio también a la niña que había crecido y que ahora era una mujer, con dos cachorros de hombre. A uno le daba leche, como hacen las vacas con los terneros, y al otro lo cogía de la mano.

La llegada de la granja a su vida comportó un gran cambio.

Era el único entre todos los árboles que alcanzaba a verla y de tanto observar llegó a comprender muchas cosas sobre los seres humanos.

Como por ejemplo que vivían juntos en una casa, sabían encender el fuego y eran de dos tipos. El primero tenía el cabello largo y la voz cristalina y el otro el cabello corto, bigotes y voz baja. Los de cabello largo eran los que parían los cachorros.

De los dos, el más temible parecía ser el segundo porque era el único capaz de usar el hacha.

Solían hablar entre ellos, a veces gritaban fuerte y no era extraño oírlos cantar.

Ésta era la forma de expresión que el gran árbol prefería.

Le gustaba mucho la música y, de alguna manera, se sentía como un músico. Durante las noches de viento, cuando las ráfagas batían el bosque, las acompañaba con amplios movimientos de sus ramas más grandes. En cambio, con la brisa ligera de los crepúsculos de mayo las que se movían eran las ramas más jóvenes y tiernas.

Había música en el aire, música en el mundo y él la interpretaba.

Ya, el mundo.

Aparte de reconocer el viento, ¿qué más sabía del mundo?

No sabía, por ejemplo, que cuando era apenas poco más que un niño, en la lejana Suecia un señor amante de las plantas que se llamaba Linneo había decidido finalmente darle un nombre —*Abies*— y un apellido —*Alba*—. Y además del nombre y del apellido, también una familia, una especie y un orden.

No sabía que, cuando rondaba los primeros cien años, los hombres habían finalmente comprendido lo que para él era tan claro como el sol. Es decir, que había clorofila en sus agujas y que precisamente gracias a la clorofila el anhídrido carbónico y el agua se transformaban en oxígeno. Y era ese oxígeno —que él producía— lo que permitía a los hombres respirar y por consiguiente vivir.

No sabía que en un pueblo no muy lejano unos hombres habían empezado a matar a otros, deseosos de eliminar el Cielo y de perseguir finalmente un glorioso destino creado sólo con sus manos.

Ni siquiera sabía en qué parte del mundo vivía. Al menos no lo había descubierto en sus primeros ciento cincuenta años, hasta que, una mañana, un agitado griterío recorrió todo el bosque.

—¡Él está llegando!

—¿Él, quién?

—¡Él!

—¿De verdad?

—Imposible. Nos están tomando el pelo. Es una broma del guasón del nogal que está allí abajo, en el último cruce.

Las hayas eran las que más se agitaban:

—Oh no..., no puede ser, precisamente ahora que estamos en *deshabillé*, no tenemos más de cien hojas por cabeza y encima están más bien estropeadas.

Pero tras la primera oleada de excitación, no vieron llegar a nadie.

—¿Lo veis? —dijo el nogal, polémico—. Los comentarios de siempre lanzados para agitar el pueblo.

Todavía no había acabado de protestar cuando, a galope tendido, un caballero irrumpió en el claro haciendo sonar un cuerno.

Enseguida aparecieron detrás de él caballeros, camareros, lacayos y algunas damas.

La agitación de las hayas de la primera fila alcanzó el paroxismo:

—Sí, sí. No nos lo podemos creer, es él.

En efecto, al poco, montando un majestuoso lipizano blanco y acompañado por su amada consorte Sissi, hizo su aparición en el claro del bosque el emperador de Austria, Francisco José.

—Qué visión —murmuró un haya—, si pudiera, me arrodillaría.

—Bah —comentaron los alerces—, después de todo ¿quién es? Un hombre como tantos, con dos piernas, dos brazos y una cabeza. Con un hacha en la mano haría lo mismo que los leñadores.

Las hayas lo desdeñaron.

—Sois demasiado ordinarios para comprender.

Intervino el viejo nogal, que, como todos los fanfarrones, sentía debilidad por la belleza femenina:

—Sin embargo, no hay lugar a dudas: ella es un verdadero encanto.

El emperador de Austria, que había cazado ciervos toda la mañana, miró a su alrededor, vio el gran árbol y decidió instalarse en el claro para almorzar sobre la hierba.

En un abrir y cerrar de ojos, se extendieron cándidos manteles sobre los cuales pusieron platos de porcelana con dibujos florales, copas de cristal de Bohemia y cubiertos de plata. Después, de grandes cestas de paja salieron todo tipo de manjares que, en poco tiempo, desaparecieron en los estómagos de los hambrientos cazadores.

Al acabar el almuerzo, el emperador y la emperatriz se tumbaron bajo la fronda del gran árbol para un breve descanso.

Cuando despertaron, un hombre del séquito extrajo un violín de su estuche y se puso a tocar.

Para el gran árbol fueron momentos de una alegría extraordinaria. Jamás había oído una música igual: escucharla y vibrar desde sus raíces hasta la cima fue una sola cosa. De la emoción, la resina se puso a rezumar a lo largo del tronco.

A los seres humanos también les gustó la música. Al final de la ejecución aplaudieron.

Poco antes de marcharse, cuando ya lo habían recogido todo, el violinista se acercó al gran árbol, toco y golpeó la corteza. La emperatriz estaba a su lado.

—Majestad, no se puede imaginar cuántos espléndidos pianos y violines se podrían sacar de esta madera.

—¿De veras? —La emperatriz sonrió mirándolo fijamente con sus ojos de cierva—. Entonces deberíamos hablar de esto con el doctor Hauptmann —concluyó, posando su fresca mano sobre el tronco.

Un estremecimiento recorrió el bosque.

—¿Habéis visto? Lo ha tocado.

—Qué emocionante debe de ser.

Los alerces, malvados, rieron con sorna.

—¿Y si fuera el toque de la muerte?

A pesar de que seguía cayendo la nieve, no se habló de otra cosa en todo el invierno. Hubo largas discusiones sobre la calidad de los vestidos de la emperatriz, sobre la extraordinaria belleza y majestuosidad del emperador y sobre si era verdad, como alardeaba un alerce, que al final del banquete se había levantado para hacer su imperial pipí y que para ello había escogido justo su tronco.

—Qué privilegio —murmuró alguien entre copos de nieve.

—Qué asco —comentó otro.

En cambio, el gran árbol seguía pensando en aquel concierto de violín. ¡Daría cualquier cosa para poder escucharlo una vez más! Y además, esas últimas misteriosas palabras. Él, precisamente él, podía ser un violín. Un violín o un piano, que, por el tono inspirado del músico, debía de ser algo incluso más extraordinario. ¿Qué querrían decir aquellas palabras?

Recordándolas se sentía a la vez entusiasmado e inquieto.

Poco después del deshielo, llegaron al claro dos hombres vestidos de negro montados en dos magníficos corceles. Se dirigieron sin vacilar hacia el gran árbol.

Una vez en tierra, abrieron una bolsa de cuero y con unas herramientas se pusieron a golpearlo de distintas maneras. Mientras lo miraban siguieron confabulando entre ellos.

—El maestro se pondrá muy contento —dijo uno.

Después, montaron sus caballos y, tan veloces como habían llegado, desaparecieron al galope.

Los alerces estaban en el séptimo cielo.

—Ya está —susurraban entre sí—. Ya está. Una semana, máximo un mes y zas, zas, zas, nos libramos de ese dandi.

—Zin, zin, zin, no veas qué concierto de violín.

No obstante, pasaron semanas, meses, estaciones, y los dos hombres interesados en transformar al gran árbol en una orquesta completa no regresaron.

La emperatriz Sissi, de la que seguía percibiendo el frescor de la mano, había abandonado este mundo por obra de un loco y nadie en la corte tenía ganas de recordar esa última excursión.

6

La noticia de que la pareja imperial se había detenido en aquel claro del bosque se propagó por los valles limítrofes y atrajo cada vez más enamorados que se arrullaban bajo las majestuosas ramas del gran árbol.

En poco tiempo, aprendió a reconocer los susurros, las promesas y las palabras de amor. Los seres humanos enamorados tenían ojos luminosos y vivos, muy distintos de los de aquellos que venían al bosque a talar árboles.

Las parejas cambiaban a cada estación.

De vez en cuando, pasadas algunas primaveras, regresaban con un cachorro de hombre en brazos.

La fama del claro del bosque en el que había estado la emperatriz alcanzó una ciudad no muy lejana, y así, además de los enamorados, empezaron a llegar también personas solitarias: estudiantes universitarios, poetas, nostálgicos, seminaristas. Se sentaban bajo su fronda y pensaban, a veces leían un libro en silencio.

Un día, a la primera luz del alba, vio a dos machos imitar a los ciervos. En lugar de los cuernos se apuntaban con dos cañas que escupían fuego. Al tercer golpe, el más débil se desplomó y su sangre tiñó la hierba de rojo.

Durante esos años el gran árbol, además de haber aprendido muchas cosas nuevas sobre los seres humanos, se había aficionado a su presencia. En invierno, cuando la nieve les impedía venir, sufría de nostalgia; tan pronto el agua del deshielo se secaba, dejando ver las primeras manchas de hierba, empezaba a estirar la cima con la esperanza de ver llegar a los primeros enamorados o a los primeros poetas solitarios.

Sin embargo, hubo un año en que la nieve se derritió, la hierba creció, brotaron los lirios silvestres y las prímulas, y ningún ser humano apareció en el horizonte.

Fue sólo hacia el final del verano cuando llegaron unas mujeres jóvenes. El gran árbol las reconoció: eran las enamoradas del año precedente.

El gran árbol

Sus ojos ya no brillaban, eran tristes y opacos como una capa de hielo bajo un cielo de nubes.

Venían solas, se sentaban debajo del árbol, alguna apretaba en la mano un trozo de papel: lo leía y releía, lo manoseaba, mientras una pequeña cascada de agua le mojaba la cara.

El gran árbol se turbó.

¿Qué había sucedido?

¿Acaso era posible que todos los noviazgos se hubieran roto?

Una mañana de octubre el viento trajo la respuesta. Grandes nubes oscuras se acercaban por el sur y, con las nubes, un olor acre que daba miedo.

Era fuego, pero no sólo fuego.

De esa misma dirección procedían pequeñas bandadas de pájaros: pinzones reales y pájaros carpinteros, verderones y arrendajos, piquituertos y jilgueros. Sus voces estaban alteradas, eran confusas. Había terror en sus ojos.

—¡Ha estallado la guerra! —piaban alarmados.

—Los hombres se matan más que los ciervos, todo se quema, todo arde. Sólo hay sangre.

—Muerte, muerte, muerte.

El gran árbol vio alzarse grandes columnas de humo en dirección al sur. En lugar de crepitar como en los incendios, producía grandes estallidos, buum, buum, buum.

Parecía que un gigante zapateaba en el suelo con sus botas. Vibraba el aire y la tierra vibraba aún más. Por unos instantes pareció que sus raíces perdían sujeción, mientras en sus ramas las piñas temblaban como las lámparas cuando hay un terremoto.

Durante tres estaciones las voces del bosque callaron. En su lugar hablaron las de la guerra.

Así, el gran árbol aprendió que a los hombres, además de cazar zorros, liebres y ciervos, les gustaba también matarse entre sí, aunque no tuvieran claro el porqué.

Ahora nadie hablaba de amor, nadie soñaba. Un gran manto de tristeza cubría el claro y el bosque.

Luego, la guerra terminó tan repentinamente como había comenzado.

El aire recuperó su perfume y las nubes de muerte despejaron el horizonte.

Era la estación en la que caen las hojas.

Después de las hojas, cayó también la nieve cubriendo las ramas del gran árbol y enseguida la bordaron los saltos de las liebres y de los corzos.

Cuando en primavera la nieve se derritió, se llevó con ella la tristeza de los años precedentes. La naturaleza y la vida retomaron su curso, sin disparos, miedos ni cañonazos. Regresaron los poetas, regresaron los enamorados y, con ellos, las promesas de amor eterno.

Pero no duró mucho tiempo.

Transcurrieron las estaciones necesarias para que creciera un cachorro de hombre, cuando llegaron nuevamente las jóvenes solitarias llorando.

Esta vez, el abeto no tuvo necesidad de preguntarle a nadie qué había sucedido. En algún lugar, cercano o lejano, debía de haber estallado otra guerra.

Tuvieron que pasar cinco veranos antes de que las parejas reaparecieran para jurarse amor eterno bajo sus ramas.

Sin embargo, a diferencia de la primera guerra, la segunda —o mejor dicho, el tiempo que siguió su final— marcó un gran cambio en el claro y en el bosque.

El mundo de los hombres comenzó a producir un gran número de ruidos diversos.

Primero fue un tractor, que salió del establo refunfuñando, después le tocó a la motocicleta del dueño de la granja, y finalmente a la voz graznante del radio transistor de una pareja que se hacían arrumacos a sus pies.

Con el tiempo se fueron añadiendo ruidos más fastidiosos e insistentes. Las sierras eléctricas, el rugido de los automóviles, los helicópteros que retumbaban sobre su cabeza, los aviones que surcaban el aire, y mientras, de las ventanas abiertas de la granja, ya no salía el canto melodioso de una joven voz sino el histérico sonido estridente de un televisor permanentemente encendido.

Venían cada vez menos enamorados y cuando lo hacían, en lugar de intercambiar frases ardientes, se lanzaban propuestas como: «¿Vienes conmigo a Ibiza una semana?».

Ahora casi nadie recogía arándanos, piñas o ramas secas para hacer fuego.

En cambio, pasaban con frecuencia seres humanos que corrían. Nadie los perseguía, y sin embargo seguían corriendo, de vez en cuando se detenían y miraban el reloj o hablaban en una pequeña caja negra que llevaban siempre consigo.

No se paraban nunca, no se sorprendían nunca, su cabeza estaba llena de ruido, y ese ruido los volvía ciegos y sordos a todo lo que les rodeaba.

El gran abeto empezaba a sentirse viejo, hacía tres siglos que velaba sobre aquel claro del bosque.

Mirando atrás, se daba cuenta de que la suya había sido una existencia extraordinaria desde que era un pequeño arbusto. No existían sombras ni pesares en su pasado.

Pero ya no podía comprender el mundo de los hombres y tampoco los hombres parecían apreciar su presencia.

Una mañana de octubre, mientras miraba las hojas llameantes de los arces y las doradas de los nogales, pensó: «También yo, como esas hojas, estoy preparado para marcharme y servir al mundo de otra manera».

De regreso de sus viajes, las golondrinas le habían hablado con frecuencia de las grandes naves que surcaban los mares y así, en un rincón secreto de su corazón, soñó en convertirse en el mástil más alto de un velero antes que en un arcón.

Estaba harto de permanecer quieto y tenía unos deseos tremendos de ver mundo.

7

Hacía tiempo que los árboles en torno al claro —de los que se habían sucedido diversas generaciones— apostaban sobre cómo acabaría el gran abeto silencioso y arrogante.

—Cuando uno alcanza esa altura, parece que busque los rayos —murmuraban algunos, sibilinos.

—Mirad, algunas ramas de abajo están secas.

—¿Cómo podrá resistir a la próxima tempestad? El viento se lo llevará. Demasiado grande, demasiado ancho, para no desplomarse sus raíces deberían llegar al centro de la tierra.

—Y aunque así fuera, ya no es flexible. No es por maldad, pero nos pasa a todos. De jóvenes somos espigados, de viejos basta con un empujón y... crac.

—Os voy a decir una cosa —murmuró un nogal maligno—, y es que cuando llegue el día, yo no derramaré ni una gota de savia. ¿Os dais cuenta de cuánta luz nos ha usurpado, y durante cuántos años?

—Tienes razón, nos ha quitado el sol, nos ha impedido crecer. ¡Es culpa suya si somos tan bajos!

—Sois sólo unos envidiosos —zanjó un alerce, que, como todos los latifolios, tenía el corazón más tierno—. En realidad, cuando ya no esté, yo me sentiré muy triste. No tendremos nada bonito que ver y nos sentiremos solos.

—Habla por ti —protestaron los de corazón pequeño—. Te aseguro que nosotros nos sentiremos felices de tener finalmente el horizonte despejado.

Sin embargo, entre todas las hipótesis a ninguno se le ocurrió la más banal: que lo que pondría fin a sus días sería, como para la mayor parte de las coníferas, una banalísima sierra eléctrica.

La llegada de los hombres la anunciaron las motos de nieve. Era a principios de diciembre y la nieve había caído en abundancia sobre el bosque.

Eran diez, pertrechados con sierras y cuerdas. Cuando hablaban, salían de sus bocas nubecillas de vapor. Debían organizarse bien, porque abatir un árbol de cuarenta metros no era tarea fácil.

El claro estaba aún sumido en la sombra, y la nieve proyectaba sobre la escena reflejos azulados. Los primeros rayos dorados de sol acariciaban sólo la cima del gran abeto.

El gran árbol lo consideró un saludo.

Adiós sol, se dijo, te estoy agradecido por toda la alegría y la belleza que me has dado.

Después saludó las cumbres de las montañas que durante más de tres siglos habían delimitado el horizonte de su mundo. ¡Adiós rocas, adiós glaciares, adiós águilas y nubes!

Se despidió también de los descendientes de los animales con los que había compartido los larguísimos años de su vida.

Adiós cornejas y arrendajos, adiós pájaros carpinteros que durante tantas estaciones me habéis hecho cosquillas.

Adiós pinzones reales y jilgueros, verderones y piquituertos: vuestros cantos han colmado mis días de alegría.

¡Adiós ardillas, adiós lirones que me habéis acompañado incluso durante los inviernos más duros!

Adiós también a ti, lluvia. Lluvia mansa, lluvia salvaje que me has alimentado desde que era una pequeña semilla, me has hecho crecer, me has refrescado y con tus tempestades con frecuencia me has asustado.

En las tempestades también estaba el viento, y el abeto también le dio las gracias. ¿Acaso no había sido él el que, bajo la forma de suave brisa, lo transportó hasta el centro del claro y le dio ese destino de extraordinaria grandeza?

El viento, como la lluvia, lo había aterrorizado con sus ventiscas, haciéndolo crujir de manera siniestra y sacudiendo sus raíces en la profundidad de la tierra.

Es extraño, observó entonces el abeto, los elementos tienen dos caras. Una que hace crecer y la otra que destruye. Una otorga vida y la otra se la lleva.

¿Y acaso no es la vida un continuo equilibrio entre estos dos extremos?

Mientras pensaba en las dos caras de las cosas, en el nacimiento y en la muerte, el gran árbol recordó también la piña que lo había generado. Gracias a ella, gracias a aquella semilla que una mañana de primavera confió al viento, se inició su existencia en esta tierra.

En lo más profundo de su corazón susurró: gracias piña, gracias árbol de la piña. Donde quiera que estéis, en lo que sea que os hayáis convertido —arcones, mesas, sillas, techos o cascos de barco—, en cualquier caso, gracias. ¡Gracias por haberme traído al mundo!

Sin embargo, acto seguido lo invadió una indefinida tristeza. ¿Y si el árbol de su piña en lugar de haber sido transformado en una cosa útil hubiera ardido en el fuego de una estufa?

¿Y si él acababa igual?

Pero no, pensó, son los troncos pequeños —las ramitas, los leños torcidos enfermos que han crecido mal— los que alimentan las llamas, esto lo sabía desde que era joven. Sólo los tontos desperdiciarían un tronco tan recto para hacer leña de quemar.

Pero ¿quién había dicho que en este mundo no hay tontos?

El abeto tuvo un escalofrío: un temblor ligero lo recorrió desde la punta de la raíz hasta la cima.

Era inútil negarlo, tenía miedo.

Nunca le habían cortado ni siquiera una ramita. Sólo una vez un enamorado había intentado grabar un corazón en su corteza, sin lograrlo.

¿Sufriría, sentiría dolor?

¿Y cómo sería ver las cosas desde un punto de vista horizontal?

¿Y, sobre todo, podría seguir viendo?

—Eres como un trozo de madera —le dijo una vez debajo de sus ramas un enamorado a su chica, que lo miraba con ojos gélidos.

¿Era así un trozo de madera? ¿Una cosa que ya no es capaz de sentir emociones?

¿Y sería así la vida después? ¿Sólo oscuridad, silencio y las mismas alegrías que una piedra?

O bien, aunque de otra manera, ¿sería la vida en cualquier caso vida?

Mientras el gran abeto se hallaba sumergido en sus reflexiones, los hombres escalaron su tronco con crampones rodeándolo con resistentes cuerdas.

El hombre que estaba en lo alto lanzó un silbido mientras bajaba y el que se hallaba en tierra tiró de la cuerda para poner en marcha el motor de la sierra eléctrica.

Todos los pájaros habían levantado ya el vuelo.

Los más sensibles del bosque cerraron los ojos. Por suerte los latifolios aún dormían.

¡Sgrrranzzzzzsgrrrrrrranzzzzzzggggrrrzzzzzzz! ¡Grrrrrrrrrrrrrrrrrrrrrgrrrrrrrrrrgrrrrrrrr!

Adiós, amado mundo.

Adiós.

Cuando sacaron al gran árbol del valle fue un verdadero cortejo fúnebre.

En esos lugares, las motos de nieve solían llegar zumbando a toda velocidad por los bosques, aterrorizando a su paso a los escasos paseantes, cargaban la leña cortada en el remolque y volvían a irse a todo gas.

Esta vez, sin embargo, puede que por la enormidad de la carga, se marcharon a paso de hombre. La base del tronco estaba apoyada sobre la cabina para que las ramas, arrastradas sobre la nieve, no se estropearan.

Varios leñadores caminaban a su lado, dispuestos a eliminar con delicadeza cualquier tropiezo que pudiera dañar la integridad de su fronda.

—¡Quietos! ¡Cuidado! —gritaban de vez en cuando, y ante esas voces el convoy se detenía.

Más que un árbol destinado a alguna carpintería, parecía que transportaban una valiosa lámpara de cristal.

Por suerte, los pequeños mamíferos estaban inmersos en el sueño profundo del letargo, pero los pájaros, desde lo alto, vieron todo el espectáculo.

—Qué dignidad —se piaban al oído—. Qué dignidad. Incluso en la forma de marcharse es distinto a todos los demás.

—Los hombres, ya se sabe, no respetan nada, pero esta vez ellos también han sentido temor. Sí, no han tenido el valor de tratarlo como un trozo de madera cualquiera.

Antes de que saliera del bosque, los ciervos se reunieron para saludarlo. ¡De cuántos combates, de cuántas sucesiones de reyes había sido testigo! ¡De cuántas abdicaciones, de cuántos triunfos!

Centenares de años de la vida de la manada estaban grabados en la memoria de sus ramas.

—¿Por qué hemos venido aquí? —preguntó dudoso un joven cervatillo que percibía la solemnidad de la situación.

El jefe de la manada sacudió la cabeza con su gran armazón de cuernos, su voz era tan potente como un trueno:

—Para rendir homenaje a alguien importante —dijo, y lanzó un fuerte bramido.

Se le unió el resto de la manada, incluso los más jóvenes, que todavía bramaban en falsete.

Así, acompañado por ese sonido atronador y triste, el gran árbol abandonó para siempre el bosque en el que había nacido y vivido.

8

Aunque eran apenas las siete y media de una fría mañana de diciembre, el cinturón de ronda de la ciudad estaba ya atascado.

Tanto en un sentido como en el otro, una interminable fila de coches, autobuses, autocares y camiones avanzaba a paso de hombre.

Soplaba una tramontana bastante fuerte.

Algunos niños dormitaban en los coches, abrigados como si tuvieran que afrontar una expedición polar, mientras otros miraban a su alrededor con curiosidad.

Fue precisamente uno de éstos quien gritó:

—Mamá, mira, ¡un árbol supergigantesco!

—Sólo nos faltaba esto —estalló la madre—, ahora sabemos de quién es la culpa de que hoy circulemos como caracoles.

En efecto, delante de ellos, no muy lejos, un coche de la policía avanzaba despacio con las luces intermitentes encendidas, escoltando un enorme camión que transportaba —atada y envuelta en una red como un salchichón— una conífera extraordinariamente grande.

—¡Pero si es un árbol de Navidad inmenso! —exclamó el niño.

—Así es —gruñó la madre, cansada y exasperada por la posibilidad de llegar con retraso y no encontrar aparcamiento, con el riesgo añadido de que le pusieran una multa.

—La Navidad —rezongó—, sólo nos faltaba también la Navidad. Como si no existieran ya bastantes complicaciones en la vida.

El niño se quedó callado, pero, cuando el convoy puso el intermitente y abandonó el cinturón de ronda, lo saludó con la mano abierta:

—¡Adiós, adiós, gran árbol de Navidad!

Para recorrer el último tramo antes de alcanzar su destino, los coches de la policía encendieron las sirenas.

Al pasar aquel excepcional cargamento, grupos de turistas japoneses se llevaron la mano a la boca maravillados. Sólo en Hokkaido existían árboles tan imponentes.

Una gran grúa esperaba en el centro de la plaza.

Liberaron al gran abeto de sus ataduras, lo fijaron a un cable de acero y, con mucha delicadeza, lo pusieron en posición vertical.

—Adelante. Despacio. Espera. Un poco más a la derecha —indicaban los hombres desde abajo al conductor de la grúa a través de sus radiotransmisores.

Cuando las campanas dieron las doce, el abeto estaba perfectamente instalado en su lugar, recto en el centro de la plaza como si fuera el nomon de un reloj solar.

Grupos de turistas daban vueltas a su alrededor intentando fotografiarlo, pero por más que avanzaran y retrocedieran o usaran el más perfeccionado gran angular, sólo lograban enfocar una pequeña parte.

El gran árbol no se dio cuenta de todo ese trasiego porque los dientes de la sierra habían sido para él como la rueca para la Bella Durmiente.

En cuanto rozaron su corteza se sumergió en un sueño profundo.

Y en ese sueño, probablemente, permanecería para siempre.

9

¿Qué podía haber de más agradable que el largo sueño invernal?

Crik, el último descendiente de la familia de ardillas del gran abeto —más bien joven y de pelo deliciosamente cobrizo, como aquella antepasada suya que amaba las puestas de sol—, empezaba a saborear su llegada ya a finales de agosto.

Los días se acortaban y el olor que emanaba de la tierra contenía un sutil anuncio del invierno. Ningún excursionista cruzaba el claro, las aves migratorias se agrupaban para afrontar el largo viaje y, en el bosque, se instalaba una nueva calma.

Cuando empezaba a caer la primera nieve sobre las cimas, el último jefe del grupo se disponía, con gran antelación, a preparar el lecho para el invierno. Le gustaba hacer las cosas con calma y era, por naturaleza, más bien exigente. Primero, un buen estrato de musgo muy suave, barbas de líquenes en abundancia y después hojas de distintas clases. Debajo, alerce y nogal y encima oloroso tilo.

Sólo una vez, en su primer nido, se había equivocado utilizando también el nogal, y la insolencia del aroma hizo que el sueño de su letargo fuera ligero y estuviera lleno de pesadillas. Cerca del lecho, al alcance de la pata, preparó algunas nueces abiertas y tiernas piñas, para picar durante los breves despertares. De hecho, en los días especialmente templados en que los rayos de sol entraban en la madriguera rozando el lecho, abría los ojos y sentía la necesidad de comer algo. Al despertar, en marzo, había que ponerse enseguida a buscar una compañera, y una ardilla desmejorada o pelada no tendría mucho éxito.

Con estos pensamientos en la cabeza —pensamientos de las dulces contiendas amorosas—, el último descendiente se retiró a la guarida a finales de noviembre y, envolviéndose en su vaporosa cola, se abandonó en su tálamo de hojas.

Un sueño inmediato y profundo lo invadió, y ni un terremoto ni las trombas del Juicio Final lograrían despertarlo.

Por eso, cuando un rayo de sol sorprendentemente violento le dio en todo el morro, le costó comprender qué estaba sucediendo.

Para evitar la molestia se puso boca abajo, pero en esa posición empezó a sudar como si estuviera en pleno verano.

¿Sería posible que fuera ya marzo o incluso abril?

Sin embargo, se sentía aún cansado, tenía la sensación de haber dormido muy poco, un par de semanas, como mucho. A lo mejor estoy envejeciendo, se dijo.

Dado que se había desvelado y que la temperatura no parecía disminuir, decidió levantarse y asomarse a la ventana para inspeccionar el nivel de la nieve.

Lo que vio lo convenció de que seguía sumergido en un sueño profundo. Soñaba, estaba claro, además un sueño malo, una pesadilla, producida probablemente por alguna esencia mezclada por equivocación en su lecho.

Sí, escamas de amanita debían de haberse introducido entre las hojas. Desde pequeño, su madre le decía que los hongos eran peligrosos. «No los comas, no los toques», le repetía con insistencia. «No te dejes engañar por su aspecto atractivo.» «¿Puedo al menos olerlos?», preguntó entonces Crik, que tenía una verdadera pasión por los perfumes, pero su madre fue tajante: «No, ni siquiera olerlos».

Probablemente había sucedido eso, alguna hoja se había posado sobre el hongo y de esta manera las esporas alucinógenas habían entrado en su lecho.

Más que un sueño parecía una alucinación. De hecho, en los sueños sucedía que una rapaz lo acosaba o le fallaba el agarre entre rama y rama o no lograba entrar o salir de su guarida: en fin, él era siempre el protagonista. Esta vez, en cambio, tenía la clara sensación de ser sólo un espectador.

Había un enorme río brillante que corría en dirección al árbol, reptaba como una serpiente, produciendo un ruido terrible. No era una serpiente de agua, estaba hecho de cajas con ruedas, la mayoría de color gris.

Beep, rooom romm, hiiiibeep.

Además del ruido estaba el olor. El mismo olor —o, mejor dicho, la misma peste multiplicada un millón de veces— que dejaba el hombre cuando pasaba con sus sierras eléctricas y sus tractores.

A la derecha y a la izquierda del árbol, por la parte opuesta del río, se erigía un gran bosque de árboles de piedra sin ramas y sin hojas. Todos perfectamente en fila, como chopos para celulosa, y en la cima de estos árboles había hombres vestidos como mujeres, inmóviles.

Debajo de él, la hierba del claro se había transformado en una superficie gris y sin vida, cruzada por cierto número de seres humanos que se movían en grupos, como las ovejas.

Por un instante, a Crik le invadió un pensamiento aterrador. ¿Y si fuera todo verdad?

¿Y si había muerto y esto era el infierno de las ardillas?

¿Qué otra cosa podía ser un mundo sin árboles, sin plantas y sin hierba sino el infierno?

Sin embargo, una vez, mientras se declaraba un incendio en la lejanía, su abuelo le dijo que el infierno era una cosa que concernía sólo a los hombres y a los árboles. A los árboles, porque no pueden escapar de las llamas, y a los hombres, porque hacen de todo para acabar dentro de ellas.

—¿Como qué? —preguntó entonces Crik.

—Como disparar a las ardillas.

Pero el gran árbol estaba sano y salvo y, por lo tanto..., sólo quedaba preguntárselo a él.

Crik batió vigorosamente su patita rosa sobre el suelo de la madriguera. Tap, tap, tap. Era la señal convenida entre ellos para empezar una conversación.

—Gran árbol. Gran árbol. Oye, gran árbol.

Taptaptap, taptaptap.

—¡Gran árbol, despierta! ¿Me oyes?

Crik estaba empapado de sudor, pero de la profundidad del tronco no llegaba ninguna respuesta. El gran árbol parecía inmerso en un sueño profundo o quizá estaba... estaba...

¡La idea era demasiado terrible!

¿Acaso mientras él disfrutaba de su primer sueño alguien...?

Pero si de verdad alguien lo había matado, ahora debería encontrarse pelado y alisado en alguna fábrica de muebles y no recto en medio de este sitio de pesadilla.

Para comprender lo que en realidad había sucedido sólo quedaba una cosa por hacer.

Salir a investigar.

Crik sacó el morro de la madriguera con cautela y de inmediato un olor nauseabundo agredió su sensible olfato. Bajó a la primera rama y la recorrió hasta el extremo, sacudiéndola al final con pequeños saltitos.

La rama era aún perfectamente flexible y las agujas, en lugar de caer como la lluvia, permanecían en su lugar, por lo tanto no debía de estar muerto.

Pero ¿por qué no le contestaba?

Crik se hallaba absorto en estos pensamientos cuando una voz lo despertó.

—¡Ostras, cómo pica!

Se dio la vuelta y vio no muy lejos un pájaro que no había visto nunca. Por la mirada se asemejaba un poco a una gallina, pero tenía el tamaño de un cuclillo.

—Señora —intentó tímidamente Crik—. Señora, disculpe...

El pájaro se volvió hacia él con las plumas despeluchadas.

—Joven, ¿eres tonto o qué?

—Perdone, no entiendo. Es que no soy de aquí y...

—¿Te parezco yo una señora?

—No tengo mucha experiencia.

El pájaro hinchó las plumas.

—Está bastante claro que soy un señor. Mejor dicho, un verdadero señor, uno de verdad, un gran señor.

—Entonces, perdone, Verdadero Gran Señor, quisiera saber dónde...

El pájaro se puso a reír con cierto aire de superioridad.

—Verdadero gran señor es un atributo de calidad. Mi nombre es Numa Pompilio. —El palomo tosió educadamente—. Un nombre glorioso que probablemente evocará en ti muchas cosas.

A Crik ese nombre no le evocaba nada en absoluto, por lo que, discretamente, retomó el punto que le importaba.

—¿Sería tan amable de decirme dónde...?

Pero el palomo no perdió el hilo.

—En realidad tendría que haberme llamado Anco Marcio, pero cuando salí del huevo y mi madre vio que me expresaba tan brillantemente pensó que me iría mejor Numa Pompilio. Mi padre no se opuso, lo importante era que se tratara del nombre de un rey, de un emperador, incluso de un Papa (desde hace generaciones llevamos sólo nombres de reyes y emperadores), porque nuestro linaje es tan antiguo que existe desde antes de que estas colinas tuvieran un único nombre.

—¿Un único nombre? ¿Qué nombre?

—El nombre glorioso de Roma. La joya que resplandece en el centro del imperio.

—Roma, ¿se llama así este sitio?

—Joven, qué palurdo eres. Roma es el nombre de la ciudad. La ciudad de las ciudades. Y aquí nos hallamos en el corazón de su corazón. Mejor dicho, en el corazón del corazón del mundo, porque estamos exactamente en el centro de la plaza de San Pedro, donde vive el hombre más poderoso del mundo. Así, tienes que saber que para que un palomo anide aquí debe tener a sus espaldas un buen linaje, generaciones y generaciones de nobleza, sino...

—¿O sea que usted es un palomo?

—Un señor palomo, joven.

Dicho esto, Numa lo miró con atención.

—Ya, ¿y tú qué eres? Mmm…, pareces un ratón con paracaídas.

En ese momento fue Crik el que se ofuscó.

—Me llamo Crik y soy una ardilla. Desde hace generaciones y generaciones mi familia vive en el gran árbol y el gran árbol es el más grande de todos los árboles, y ha sido siempre el centro y el corazón del bosque...

—Ah, ahora comprendo, has llegado aquí con esta cosa que pincha.

—No es una cosa. Es el gran árbol y todos, desde las hormigas rojas hasta las águilas, lo han respetado siempre.

Numa tosió con discreción.

—*Era* el gran árbol, joven. *Era.*

—¿Era? —repitió Crik y, al decirlo, su voz tembló.

—Sus raíces se han quedado allí. Nadie puede vivir sin raíces.

—¡No es verdad! —gritó Crik.

—Sería bonito que no lo fuera, pero por desgracia es así. No sabes a cuántos he visto irse. Cada año es la misma historia. A principios de diciembre llega, lo adornan como un payaso, con todas las bolas y guirnaldas, después el viento le mete entre las ramas bolsas de plástico, los niños lo rocían con porquerías, el sol y la contaminación se encargan de lo demás. Después de Santa Lucía ya empieza a perder agujas, para San Silvestre los cohetes lo chamuscan y para Reyes hay más agujas en el suelo que en las ramas. Cuando viene la grúa para despejar la plaza, lo que queda es sólo un espantapájaros. Lo levantan y lo arrastran de mala manera y termina sus días en un vertedero.

Los ojos de Crik se llenaron de lágrimas.

—Pero ¿por qué?

—Porque es Navidad, Crik, y él es el árbol de Navidad de la plaza más importante del mundo.

—¡Pero no quiero!

—Probablemente él tampoco lo quería, pero al destino no le importa lo que queremos o no queremos. Es como una gran rueda que lo aplasta todo a su paso.

—Yo no quiero.

Numa suspiró.

—¡Bendita juventud, que tiene aún tanta energía que regalar al destino! ¡Mira allí abajo!

Crik miró hacia donde Numa le indicaba. Una camioneta con una escalera en el techo giraba en torno a la base del árbol mientras un hombre, en lo más alto, colocaba bolas de plástico.

Numa tenía razón, era la primera fase del plan.

—¿Ves como no miento, joven? El destino es inexorable.

—¡No es verdad! El abuelo me ha dicho que una ardilla puede siempre hacer algo. Somos nosotros con nuestras acciones los que salvamos nuestras vidas o las ponemos en peligro y...

—Claro, claro, ahora puedes bajar y decirle a esos señores que no pongan las bolas, pero aun suponiendo que te escucharan, cosa que dudo mucho, el orden de los factores no cambiaría, porque de todas formas el árbol está muerto. Morirá con adornos o sin ellos, eso es todo. Ante la Señora de la Gran Hacha sólo podemos hacer una cosa, inclinar la cabeza.

Un repicar de campanas muy fuerte retumbó en la plaza.

—¡Cielos! El *Ángelus* ya. Debo irme volando.

—¡Espera! —dijo Crik, que tenía terror a quedarse solo.

Pero Numa tenía mucha prisa. A esa hora había numerosos turistas y para los palomos era una verdadera fiesta.

Antes de levantar el vuelo gritó:

—¡Haría falta un milagro! —Después desapareció con un gran batir de alas hacia el bosque de columnas.

10

Aquella tarde Crik hizo lo único que en ese momento era capaz de hacer. Se tumbó sobre su lecho de hojas y lloró.

Lloró toda la tarde y siguió llorando cuando la oscuridad envolvió la plaza más famosa del mundo. Las blandas y luminosas hojas de tilo se transformaron en poco tiempo en trapos mojados.

Agotadas las lágrimas, Crik se durmió. Soñó con el bosque y la llegada de la primavera, soñó que saltaba de árbol en árbol con el corazón lleno de alegría.

Lo despertaron doce lúgubres tañidos de campana.

Se levantó con las patas blandas y temblorosas como las del abuelo cuando era muy viejo. Ya no se atrevía a saltar de rama en rama.

Sólo ayer era una joven ardilla llena de fuerza y ahora…

Se arrastró hasta la entrada de la madriguera.

—¿Por qué? ¿Por qué ha sucedido todo esto? ¿Por qué nadie me había dicho que podía suceder?

En efecto, durante las largas tardes en la madriguera, el abuelo lo había instruido sobre todos los peligros de la vida: la niebla, el hielo, los cazadores, las rapaces, las llamas, los leñadores, pero nunca le había advertido de la posibilidad de acabar, junto con el árbol, en medio de la plaza de San Pedro, y por lo tanto Crik no sabía qué hacer.

—Soy pequeño —le gritó a las estrellas—. Soy muy pequeño, ¿qué puedo hacer yo?

La única respuesta fue el aullido lejano de una ambulancia.

Se levantó una ligera tramontana que sacudía las ramas ahora ya inertes del gran árbol. Ese rumor, que en otros tiempos mecía sus sueños, lo sumió en una infelicidad aún mayor.

Todo lo que conocía, todo su mundo había desaparecido. Pronto desaparecería él también, acabaría en un vertedero con el gran árbol, o puede que, por inanición, un día se cayera de la rama y la muchedumbre lo pisara, y acabara así transformado en una suela de cuero ligeramente peluda.

Crik suspiró. No era ésta la vida que esperaba.

El abuelo le había dicho un día que las ardillas, cuando dejan de subir y bajar de los árboles, se van a una estrella y allí viven para siempre todas juntas, en un mundo lleno de piñas y bellotas, sin cazadores, sin predadores y sin incendios.

—¿No es aburrido? —preguntó entonces Crik, con su juvenil impaciencia.

—¿Aburrido? —El abuelo se echó a reír—. Por supuesto que no. Allí existe una luz que hace que cada instante sea extraordinario.

¿Se podía ver la estrella desde aquí?

¿Y cómo podría distinguirla? Puede que por equivocación se dirigiera a la estrella de los cernícalos.

Y desde allí arriba, ¿lo podían ver? Su madre, su padre, los abuelos. ¿Sabían que se encontraba en Roma haciendo de árbol de Navidad?

Con estos pensamientos en la mente, Crik se adormeció.

En el breve sueño, vio acercarse una estrella.

Brillaba con intermitencia como si quisiera hablarle.

Y de hecho, tras unos instantes, habló.

Pero su voz, en lugar de ser fría como la de una estrella, era serena y afectuosa como la de su madre.

—Crik —decía con el mismo tono que tenía por la noche, cuando se acurrucaba cansado entre sus patas y ella lo acariciaba—. Crik, tú has sido siempre el más fuerte y el más valiente de mis hijos. No te comportes como un ratón que se esconde, como un topo que excava cada vez más hondo. El destino no es nuestro enemigo, sólo nos ofrece la oportunidad de crecer.

—Mamá —dijo entonces Crik con la misma voz que tenía cuando era pequeño—, pero ¿cómo puedo hacerlo? Soy demasiado pequeño para...

La estrella sonrió.

—Eres pequeño pero tienes un corazón grande.

Crik no había pensado nunca en su corazón:

—¿Lo dices en serio?

—Tú amas al árbol, ¿verdad? ¿No piensas en sus raíces secándose, allí en el claro?

Crik asintió tratando de no llorar.

—No quieres que acabe en un vertedero con ratas paseándose por encima de él, ¿verdad?

Crik sacudió con violencia la cabeza, las lágrimas fluían ahora incontenibles.

Una nube grande pasó por delante de la estrella.

—Entonces recuerda —dijo la voz antes de desaparecer—. El amor lo puede todo.

Cuando la luz del alba invadió la penumbra de la plaza, Crik se despertó con un estado de ánimo muy distinto.

Se sentía ligero y lleno de energía. Comió una nuez de su reserva y después se puso a elaborar un plan de batalla.

Tenía varios puntos a su favor.

Ante todo, ningún ser humano con fusil se había percatado de su existencia.

Y, además, había conocido a alguien del lugar, Numa Pompilio, que le sugirió la solución oportuna.

El milagro.

Crik no tenía la más mínima idea de lo que era un milagro, pero si eso significaba la salvación, haría cualquier cosa para obtenerlo.

Para empezar, estaba claro que debía encontrar a Numa. No podía permitirse esperarlo. ¿Cómo decía el abuelo? Si la nuez no va a la ardilla, la ardilla va a la nuez.

Así pues, bajaría a buscarlo.

Dicho y hecho, se alisó la cola y salió de su madriguera.

La plaza estaba aún desierta, había sólo unos hombres con escobas que con desgana barrían el suelo recogiendo papeles y latas.

Alcanzadas las ramas más bajas del árbol, Crik vio, entre las frondas, una cabaña más bien grande. Podía ser un pajar o un leñero. Era, en cualquier caso, un hecho positivo porque donde hay cabañas, con frecuencia se puede encontrar comida para las ardillas.

Saltó sobre el tejado y, con discreción, se asomó.

Parecía un establo y dentro había tres seres humanos aparentemente tranquilos. Era una familia. La mamá, con un largo vestido celeste, debía de haber parido recientemente. En efecto, a sus pies, colocado sobre la paja como si fuera una ardilla, había un cachorro de hombre rosado y regordete.

No se movía y no lloraba.

Ha comido hace poco, pensó Crik, y se puso a observar al padre. Tenía barba y una túnica larga, de color violeta, que nunca había visto en los hombres. Sujetaba un largo bastón y sonreía a su hijo.

A sus espaldas, un asno con las orejas rectas descansaba al lado de una vaca plácidamente sentada. A pesar de la hora y de la temperatura, de sus narices no salía nada de vapor. También ellos estaban perfectamente inmóviles.

Había algo raro en esa familia, pero Crik no podía perder tiempo para comprender lo que era. Parecían inofensivos y esto era lo más importante.

Desde el techo del establo miró a su alrededor y vio no muy lejos, al pie de un extraño charco de donde manaba agua, un intenso vaivén de palomas.

Con la esperanza de encontrar a su único amigo, Crik saltó al suelo, cruzó corriendo la plaza y las alcanzó.

Las palomas, ocupadas en picotear las migas y las sobras de pizza que se habían colado entre los adoquines, no parecieron percatarse de su presencia.

Entonces Crik tosió educadamente.

—Disculpen, señoras y señores, verdaderas señoras y verdaderos señores, verdaderas grandes señoras y verdaderos grandes señores, yo...

La primera en volverse fue una señora con plumas en parte blancas.

—Dios mío, Augusto —gritó impresionada—. Un ratón con sombrilla.

—¿Qué quieres, criatura? —lo apostrofó mientras avanzaba agresivo en su dirección.

—Buscaba a un amigo. A lo mejor lo conocéis, se llama Numa... Numa Pompilio.

—Numa —suspiró un ejemplar al que le faltaba una pata—, ese viejo fanfarrón.

—Numa, Numa... —intervino otro.

—Me parece que no está. Creo que se ha ido a Venecia a ver a su hermana.

—Pero ayer estaba aquí.

—Ayer no es hoy —zanjó Augusto.

—¿Y cómo hago yo para ir a Venecia?

—No vas. Esperas a que vuelva.

—¡Pero no puedo esperar!

—Eh, chavales, éste es americano, busca bulla.

—De verdad que no puedo.

—¿Y quién te crees que eres, el Papa?

Al decir esto hubo una especie de risita general: «Sí, el Papa». Luego, perdido el interés por el extraño y estúpido ratón, los palomos retomaron con desgana su picoteo entre los adoquines.

—Perdón, señores —gritó entonces Crik—, ¿pueden decirme dónde puedo encontrar un milagro? ¿O al menos cómo puedo hacerlo?

—¡Un milagro!

Las palomas estallaron en una sonora carcajada mientras levantaban el vuelo, repitiendo:

—Un milagro. El ratón quiere un milagro. Un milagro.

11

Perder una batalla no significa perder la guerra.

Con esta frase Crik se consoló de la primera derrota.

Numa iba a regresar. Puede que no se hubiera marchado siquiera y que las palomas se lo hubieran dicho sólo para tomarle el pelo.

A la plaza empezaban a llegar unos cuantos seres humanos, y Crik pensó que por el momento sería mejor regresar al árbol.

Mientras subía, vio que unas agujas empezaban a caer y esto le dolió.

Poco antes de que el sol se encontrara en el centro del cielo, la plaza se había llenado de gente y seguía llegando más.

Crik nunca había visto a tantas personas juntas. Algunas llevaban en la mano unos bastones con unos trozos de tela encima y cuando llegaban, en vez de dar una vuelta y marcharse, se detenían en un sitio, como si estuvieran esperando algo.

Miraban todos hacia lo alto, por suerte no en su dirección.

Luego, de repente, la multitud prorrumpió en un clamor. Siguieron gritos y un frenético aplauso.

¿Eran felices? ¿O estaban enfadados y dispuestos a hacer daño?

Crik sabía demasiado poco sobre los hombres para comprender sus intenciones. Escondido entre las ramas, observó hacia donde miraba la gente.

Arriba, en una ventana del gran edificio, había un puntito blanco.

No se veía muy bien, pero él también parecía un ser humano. Sin embargo, debía de tratarse de un ejemplar más bien especial, dado que su voz —similar a la de una ardilla entrada en años— se oía muy fuerte en toda la plaza.

El silencio entre la multitud era absoluto.

Cuando la voz se interrumpió, muchos se arrodillaron en el suelo, haciendo extraños gestos con las manos. Estalló de nuevo un gran alboroto. Gritaban, silbaban, agitaban las telas.

Ante ese espectáculo, Crik se sintió más bien atemorizado.

Después, el puntito blanco desapareció y el gentío empezó a dispersarse de manera desordenada.

Se formó una corriente en dirección a la cabaña y muchos, al llegar delante, elevaban en el aire una cajita oscura.

Las palomas, en ordenada espera sobre los árboles de piedra, empezaron a planear hacia el suelo en busca de la comida que se le caía a la gente.

Cuando la plaza se quedó vacía de nuevo, Crik se sentó en su madriguera para reflexionar.

¿Qué era aquel puntito blanco y por qué tantos seres humanos acudían a verlo?

¿Qué había dicho Numa? Ésta es la plaza donde vive el hombre más poderoso del mundo. ¿Era aquél? ¿Y qué quería decir el hombre más poderoso del mundo?

El único poderoso que Crik conocía era el rey de los ciervos. Cada primavera, tras días y días de sangrientos combates, se elegía al vencedor que se convertía en rey, por haber demostrado ser el más fuerte y el más valiente.

¿Sucedería lo mismo en aquella plaza en primavera? ¿Debía aquel puntito blanco combatir con otros puntitos? ¿Y de qué manera? ¿Con un fusil como los cazadores? ¿Y por qué?

Además, por la voz, aquel ser humano no parecía nada joven y los ciervos muy viejos ya no combatían.

Crik se sentía confuso e incluso impotente. El mundo de los hombres era demasiado distinto para que él lo pudiera comprender.

Tumbado en su lecho picoteó una piña. Pronto las reservas de comida se terminarían y con la comida se agotarían también sus fuerzas. Desde el estómago un temblor empezó a invadirle el cuerpo, pero lo dominó.

No podía bajar la guardia, el árbol se estaba muriendo y él era el único que podía salvarlo.

Cuando se despertó, la oscuridad cubría la ciudad. El solsticio de invierno se acercaba y los días eran muy cortos.

Por ese motivo, pensó Crik, nosotras las ardillas, muy sabias, solemos dormir.

La plaza retomó su aspecto desolado y el único ruido que se oía era el cloc, cloc de los dos grandes charcos de agua que fluía.

Al menos eso parecía.

Pero aguzando el oído, Crik percibió otro ruido. Era intermitente y apagado, parecía el lamento de algún animal. Las ciervas emitían una voz similar cuando los cazadores disparaban a sus cervatillos y los cargaban en el techo de los automóviles todavía chorreando sangre.

Crik se asomó, pero no vio nada ni a nadie.

La voz parecía muy cercana, así que, con cautela, se deslizó por el tronco. ¡Provenía de la cabaña! A lo mejor le había pasado algo al niño y la madre estaba desesperada.

Crik se asomó desde el tejado. Por suerte, el niño parecía en plena forma, estaba en la misma posición y tenía la misma sonrisa que antes.

No era su madre celeste la que lloraba, sino una señora de pie delante de la puerta del establo. Estaba despeinada y tenía los ojos hinchados como si no hubiera dormido desde hacía mucho, sujetaba en la mano un trocito de papel en el que se veía la cara de un niño. Hablaba y lloraba a la vez.

—Madre celeste —repetía—, tú que lo puedes todo, tú que eres madre y conoces el dolor, te ruego, te suplico, desde lo más profundo de mi corazón, que salves a mi hijo... ¡Haz un milagro!

Al oír esas palabras, Crik se sobresaltó.

Tú que lo puedes todo, había dicho. O sea que la Señora que parecía no hacer nada, en realidad podía, mejor dicho, *sabía* hacer un milagro.

Crik se sintió estallar de alegría. Subió corriendo a su madriguera girando en torno al tronco.

Aunque no estaba seguro de que el árbol pudiera oírlo, gritó:

—¡La señora de aquí abajo sabe hacer milagros! ¡Lo hemos conseguido, lo hemos conseguido, gran árbol! Lo hemos conseguido.

Luego, fruto de la excitación, se puso a romper todos los hilos luminosos que lo habían transformado en un payaso y descolgó una tras otra las bolas de colores dejándolas caer al suelo.

Silbaban en el aire y después se estrellaban en la plaza con un pequeño poff.

—Pronto nos marcharemos —canturreaba danzando entre las ramas—, pronto nos marcharemos, volveremos a casa, al claro del bosque.

Contempló su obra con satisfacción. Parecía que alguien hubiera roto un cesto de huevos al pie del árbol, mientras los hilos oscilaban brillando en la noche como las jarcias de un velero a merced del viento.

Exhausto pero feliz, Crik regresó a la madriguera. Se durmió pensando en el rostro de la Señora Celeste. Jamás había visto a un ser humano tan quieto y siempre sonriente.

¿Quién sabe si cuando hacía milagros seguía tan impasible, o si se transformaba en una furia, como el bosque cuando llega un temporal?

No tenía claro todavía lo que era un milagro, pero en el fondo eso no era muy importante.

Lo importante era que lo supiera la Señora Celeste.

12

A la mañana siguiente, Crik se peinó bien y, antes de salir de casa, se pasó un trocito de corteza por los dientes, que tendían a amarillear, y se esponjó la cola.

A pesar de no saber lo que era un milagro, tenía muy claro que se trataba de un hecho bastante extraordinario.

Mientras descendía despacio por el tronco para no despeinarse, realizó unas pruebas de voz.

¿Cómo sería mejor dirigirse a ella, para caerle enseguida en gracia?

—¿Amable Señora? ¿Señora Celeste? ¿Madre Celeste?

Puede que fuera más cariñoso aún empezar con algún cumplido al niño. Por lo general, las madres son muy sensibles a eso.

¿Y si ella después le contestaba con una pregunta? Si ante la petición de un milagro, ella le preguntaba: «¿De qué color?», o bien: «¿Cómo de grande?», ¿qué debería decir él?

Cuanto más se acercaba a la cabaña, más inseguro y tímido se sentía.

Aparte de los seres humanos de siempre, vestidos de amarillo con la escoba en la mano, en la plaza no había nadie.

Crik bajó del tejado de la cabaña por la jamba lateral y, una vez ante la familia, tosió educadamente.

—¿Se puede? —dijo y, tras esperar inútilmente una respuesta, intentó dar unos pasos hacia la Señora Celeste. Ni ella ni su marido dijeron nada, y el niño tampoco se inmutó cuando pasó a su lado.

La madre estaba descalza, Crik se detuvo cerca de su pie que asomaba de la túnica.

Tosió más fuerte.

—¿Señora? Señora, perdone la molestia, pero... he oído decir que usted sabe de milagros. Es más, que los sabe hacer y...

La Señora seguía sonriendo inmóvil.

¿Lo había visto?

¿No lo había visto?

No tenía importancia. Crik estaba decidido a llegar hasta el final.

—... y... mire, necesito un milagro porque, verá usted, el árbol que está detrás de la cabaña y yo no somos de aquí. En resumen, queremos regresar al claro donde hemos nacido, las raíces se están secando y no hay tiempo que perder. Si escucha con atención oirá caer las agujas sobre el tejado y eso es una mala señal, por tanto debemos darnos prisa. Si usted fuera tan amable...

El viento hizo rodar el papel aceitoso de una pizza hasta su cola, voló encima del niño y se le pegó en la cara. En lugar de quitarlo la madre se quedó quieta, inmóvil, y seguía sonriendo.

Crik empezó a inquietarse.

Quizá la Señora no le había contestado porque era sorda y no lo había oído. Y, además de sorda, debía de ser ciega también, de lo contrario, le habría limpiado la cara a su hijo.

¿Era posible que se hubiera equivocado?

Sin embargo, la mujer que vio esa noche pidiendo un milagro parecía muy segura de sí misma.

Sólo quedaba ir a comprobar el estado de los oídos. Crik se armó de valor, saltó sobre la túnica celeste y trepó directamente hacia el hombro.

Hasta ese momento nunca había escalado un ser humano y se sorprendió de lo rígido y frío que era. Cuando alcanzó una de las orejas, se puso las patas en torno a la boca y gritó: «¡Milagro! ¡Quiero un milagro!».

La Señora ni siquiera parpadeó.

Crik se acercó a la otra oreja. Desgraciadamente, al repetir la petición, su cola quedó suspendida sobre los labios de la señora.

Fue en ese instante cuando el destino de Crik sufrió un giro repentino.

Si sólo hubieran estado ellos no hubiera pasado nada, pero la casualidad quiso que, en ese preciso momento, se detuviera delante de la cabaña un autocar de peregrinos.

Ante sus atónitas miradas se ofreció el espectáculo indigno de una Virgen con largos y peludos bigotes, como los de un pistolero mexicano.

Unos chillaban, una mujer mayor se desplomó entre los brazos de sus compañeros, otros inmortalizaban con el móvil la escena mientras el párroco que les acompañaba se disponía a llamar a los guardias.

Crik percibió sólo un gran alboroto y, muerto de miedo, se refugió en un espacio vacío al fondo de la cabaña.

Cuando llegaron los guardias derrapando y con las sirenas encendidas, en la cabaña la situación se había normalizado y, de no haber sido por la aplastante prueba de las fotografías hechas con los móviles, todos habrían pensado que se trataba de una alucinación colectiva, fruto del cansancio tras un largo viaje.

Al toque del *Ángelus,* delante de la cabaña se había aglomerado una verdadera multitud. Centenares de curiosos se detenían con la esperanza de que se repitiera el fenómeno, mientras decenas de cámaras de distintas televisiones informaban en directo a los espectadores sobre el desarrollo de la situación.

Además, entre tanto se habían dado cuenta de que alguien había arrojado al suelo las bolas del árbol y arrancado con furor también los hilos eléctricos de las luces.

La hipótesis de los vándalos fue, naturalmente, la más generalizada. Algunos minimizaban los hechos —una gamberrada y nada más—, mientras otros se inclinaban por una manifestación de algún grupo subversivo o por un sórdido ritual de los devotos de Satán.

Tampoco se excluyó la provocación de un artista.

—De la misma manera que hace algún tiempo la Gioconda sufrió el ultraje de los bigotes, ahora han atacado otro símbolo femenino —decía con fervor un periodista, voceando en su micrófono.

—¿Cómo deberíamos interpretar estas señales —se preguntaba otro—, sino como un anuncio del fin de los tiempos? ¡Ensuciar de manera tan vil una representación sagrada!

Los guardias interrogaron varias veces a todas las personas presentes en la plaza en el momento de los hechos, pero nadie había visto nada sospechoso.

Luego esparcieron polvos blancos para detectar las huellas y mandaron los resultados a la central.

El alboroto duró hasta el final del telediario de la noche. Sólo entonces los periodistas y un gran número de curiosos abandonaron la plaza. Y, sólo entonces, también Crik pudo abandonar su escondite y subir al árbol.

Antes de abandonar la cabaña, brincó sobre la cuna y, delicadamente, retiró con la boca el papel sucio que seguía pegado a la cara del niño, luego de un salto alcanzó el tejado y desde allí desapareció entre las ramas.

13

A la mañana siguiente lo despertó una voz que gritaba:

—¡Ay... y ayyyy!

Se asomó y vio a Numa que, con paso inseguro, se dirigía hacia él.

—Oye, ¿tenéis las patas de cuero en tu tierra?

—¡Numa! Creía que estabas en Venecia.

—¿Venecia? Detesto Venecia. Son todos ampulosos como los dogos, exhibicionistas y narcisistas, obesos. Sonríe, *cheese*, sonríe, *cheese*. Deberían aprender de nosotras la compostura serena de la paloma monumental. De todas formas, joven, recapitulando: ayer te metiste en un buen lío. Todas las televisiones y periódicos hablan de ti. Estás en las portadas y en boca de todos. Nos urge encontrar un nuevo destino si no quieres estirar la pata muy pronto.

Como era bisnieto de una paloma viajera, Numa hinchaba con frecuencia su discurso con términos difícilmente comprensibles para una ardilla de montaña.

—¿Qué quieres decir?

—Debes marcharte, cambiar de aires, lejos de aquí. Dentro de poco se armará una buena.

—De hecho —dijo Crik alentado—, ¡es precisamente lo que quiero! El gran árbol y yo tenemos que regresar al claro del bosque donde hemos nacido.

—Joven, sólo tú debes levantar el campo. Al árbol ya lo han sentenciado. De todas maneras, no te preocupes, el tío Numa tiene un plan de evacuación. Por eso desaparecí, para organizarte la retirada. Mira, me he movido un poco y le he preguntado a quien corresponde, y al final me han dicho que hay ratones con paracaídas en un gran parque no muy lejos de aquí. Viven sobre árboles con sombrilla y comen piñones, pero también palomitas de maíz y cacahuetes que les lanzan los turistas. Podría indicarte el camino, o bien podemos intentar ir juntos. Súbete a mi espalda y...

Los ojos de Crik se llenaron de lágrimas.

—Yo no quiero comer palomitas de maíz. Yo quiero un milagro.

Numa sonrió.

—¿Y quién no? Pero los milagros no son la vida. Ahora bien, contrariamente a lo dicho, eres tú el que muy pronto necesitará uno para salvarse.

En ese momento el ruido de un coche interrumpió su conversación.

Habían llegado a la cabaña unos hombres con una especie de cajas en la cabeza y mangueras en las manos a bordo de una camioneta.

En el laboratorio de la policía científica les había bastado con una ojeada para darse cuenta de que las únicas huellas presentes eran las de un ratón, y así, con discreción, sugirieron al cuerpo de seguridad vaticana proceder a una desratización.

En un momento, los hombres rodearon la cabaña envolviéndola con una hoja grande y transparente, luego enchufaron las mangueras por unos agujeros y empezaron a introducir una sustancia.

—¿Has visto, joven? Si estuvieras ahí dentro, serías ya una cosa verde y tiesa.

—¿Qué es eso? —susurró Crik.

—Es una cámara de gas. Una cámara para matar a los ratones y a quien esté dentro.

Numa suspiró.

—Qué mala suerte no poder volar.

Crik se puso de pie alarmado.

—¡Pero ahí dentro hay una familia! ¡Y también un buey y un asno! ¡Morirán todos!

—Regla número uno. No te metas nunca en las cosas de los hombres, a menos que tengan un fusil o una honda en la mano. Regla número dos. Aprende a distinguir a un hombre de una estatua. Ésas son estatuas.

—¿Estatuas?

—Sí, estatuas. Parecen hombres pero no se mueven, como los de allí arriba, mira.

—¿Los hombres con faldas que están más arriba de los árboles grises?

—Esos árboles se llaman columnas de Bernini.

—¿Y qué haces para no equivocarte?

—¿Nunca has oído hablar de la prueba de la paloma? Si tienes la más mínima duda y tienes ganas de hacer tus necesidades, enfocas el objetivo, apuntas y disparas. Si levanta los brazos y grita: es un hombre. Si se queda quieto y sonríe: es una estatua.

Entonces Crik comprendió que la Señora Celeste era una estatua. Comprenderlo y sentir un nudo en la garganta fue todo uno. Se desplomó, cogiéndose la cabeza entre las patas. Violentos sollozos sacudían su pequeño cuerpo y la cola oscilaba como una veleta con viento de tempestad.

—No habrá milagro —repetía—, no habrá milagro. Sólo oscuridad y raíces secas y el fondo de un vertedero.

Ante tanta desesperación, el corazón de Numa, aunque forjado en la indiferencia por el curso de la historia, se conmovió.

En el fondo, él también había sido un polluelo, también él, antes del plumaje definitivo, se imaginaba que la vida y las fábulas eran una misma cosa. Y más tarde fue padre, abuelo, bisabuelo, tatarabuelo y tataratatarabuelo. Y siempre había visto, en los polluelos que se asomaban a la vida, la misma mirada llena de confianza.

Se acercó y le acarició la cabeza con un ala:

—Venga, no te pongas así.

Crik estaba demasiado desesperado para contestarle.

—¿Sabes lo que dicen? La esperanza es lo último que se pierde.

Numa le secó delicadamente una lágrima con una pluma remera.

—¿Has visto cuánta gente viene a esta plaza? ¿Y por qué viene, según tú?

Crik sacudió la cabeza. En ese momento no le importaba nada ni nadie.

—Porque aquí vive el hombre más poderoso del mundo. Y si es el más poderoso, está claro, es lógico, es más, superlógico que puede hacer milagros.

Crik sorbió por la nariz. Tenía todo el pelaje empapado de lágrimas.

—¿De verdad?

Numa se ensombreció:

—¿Te parezco un tipo frívolo y embustero? Y además, joven, al menos una cosa la he aprendido de los seres humanos. Ellos nunca hacen nada por nada y por consiguiente, si vienen tantos a esta plaza y desde hace tantos siglos, quiere decir que sacan algún provecho de ello.

—¿El hombre poderoso hace milagros?

—Sobre todo milagros —afirmó Numa, ruborizándose levemente debajo de las plumas del pico, pues estaba bastante seguro de que mentía.

—¿Sabes? —continuó en un tono confidencial—, al parecer tiene línea directa con el Jefe de Allí Arriba. Él habla y el Jefe obedece. De esto se deduce que todo está bajo su poder.

—¿Todo?

—Todo, todo.

—¿Y cómo hago para conseguir un milagro?

—Yo diría que es preciso presentar una solicitud.

—Pero ¿cómo lo hago? Él está allí arriba. ¿Quizá podrías ir tú volando y pedírselo en mi lugar?

—Regla número uno. No se piden milagros a cuenta de terceros. Regla número dos. No...

En ese momento Numa se interrumpió.

No se atrevía a confesarle a Crik que toda la columnata estaba llena de hombres de verdad, escondidos con un fusil en la mano, preparados para disparar con una puntería infalible a cualquier cosa que se acercara al hombre de blanco.

Si él se dirigía hacia la ventana moriría antes de alcanzar el alféizar. Lo mismo le sucedería a Crik con sólo intentarlo.

Numa, nervioso, dio vueltas por la madriguera. ¿Qué podían hacer? Si Crik se quedaba en el árbol, tendría un triste final, pero también lo tendría si perseguía su sueño.

¿Con qué responsabilidad podía él lanzarlo a un cruel destino? ¿Y con qué responsabilidad podía impedirle que tentara la suerte?

Al final optó por una solución salomónica.

Así que, cuando Crik le preguntó: «¿En qué piensas?», respondió: «Hay una posibilidad, pero debo ponerte en guardia, existen riesgos y no son pequeños».

Crik se puso en pie, sintiéndose fuerte de nuevo.

—¡Soy una ardilla y no un topo!

—Entonces siéntate y escucha.

El plan era el siguiente. Dentro de pocos días sería Navidad y, como cada año, el puntito blanco abandonaría la ventana para ir a la basílica.

Habría una multitud enorme y él, durante unas horas, estaría quieto detrás de una mesa con mantel blanco. A veces daba incluso la vuelta a la plaza de pie en un coche, pero como no lo hacía siempre era mejor no contar con ello. Había que actuar cuando estaba detrás de la mesa, en el interior de la iglesia.

El problema más serio era llegar hasta él. Una ardilla cruzando la plaza de San Pedro crearía una gran confusión. Muy probablemente lo confundirían con un ratón, habría gritos y desmayos y al momento alguien del servicio de seguridad lo mataría a bastonazos.

Mientras pensaba y pensaba, en un momento dado, Numa tuvo una inspiración.

—¿Has leído la *Ilíada*? —le preguntó a Crik, que sacudió negativamente la cabeza—. No importa. Lo importante es que tú llegues hasta allí, bajo falsa apariencia.

Al final decidieron que lo mejor sería esconderse en la capucha de un monje o mimetizarse en el cuello de piel de alguna peregrina anciana. Podía cambiar varias veces de transporte hasta llegar cerca de la mesa. Una vez allí...

—¿Una vez allí...? —repitió Crik.

—Pues una vez allí, actúa con diplomacia. Expón tus razones con cortesía. Tal como te dicte tu corazón, háblale a él.

Mientras decía esta frase Numa no pudo evitar cerrar los ojos. Veía ya la sangre expandiéndose sobre el mantel blanco de la mesa.

—¿Te encuentras bien, Numa?

—Muy bien —tosió la paloma—. Muy bien.

14

Aquella mañana llovía. La tramontana que bajaba de los montes dejó de soplar y la atmósfera de la ciudad se volvió pesada. La lluvia caía ligera, aburrida, incapaz de arrastrar las moléculas de contaminación que saturaban el aire.

Incluso con las ventanas de su estudio cerradas, el anciano Papa podía oír el estruendo de los coches atascados en el perpetuo embotellamiento de las calles circundantes.

Como cada año, los romanos esperaban los últimos días para el ritual de las compras de Navidad y para ello se desplazaban siempre en coche.

Aquel día, inexplicablemente, se sentía triste. Cansado y triste. Llevaba años enfermo y ahora las fuerzas lo estaban abandonando. Había nostalgia en su corazón y cuando la nostalgia domina significa que el tiempo de la acción ha concluido.

Habría deseado encontrarse en sus amados montes de Tatra en lugar de en esos fríos y austeros edificios, volver a tener el vigor y la fuerza de la juventud, poder caminar durante horas en el aire helado para después detenerse de repente y escuchar el ligero rumor del viento en las frondas más altas del bosque. Cuántas veces había oído ese sonido..., los abetos eran capaces de hablar como ningún otro árbol.

Las campanas de San Pedro dieron las nueve y media. El secretario llamó a la puerta.

—Santo Padre, Lo esperan en la sala Clementina.

La lluvia seguía resbalando por los cristales. Con pasos lentos, apoyándose en el bastón, el Papa cruzó el salón de su apartamento.

En una esquina, las monjas habían dispuesto un bellísimo árbol con bolas de cristal, como los de su infancia. Estaban las decoraciones traídas de Zakopane, velas de cera y galletas especiadas que colgaban de hilos plateados. Un papel veteado ocultaba la base cortada del tronco fijada sobre dos ejes de madera.

Es bonito, pensó mientras pasaba por delante, pero no tiene raíces. Dentro de pocos días empezará a perder las agujas y en poco tiempo morirá.

Con esta ligera melancolía en el corazón se dirigió hacia la sala de audiencias. Allí lo esperaban los máximos representantes de todas las religiones del mundo. Los había convocado él. La situación en el mundo era muy grave y si se podía hacer algo, debían hacerlo todos juntos.

Cuando entró en la sala la tristeza se desvaneció. Conocía a muchos de los rostros que tenía delante y todos estaban llenos de esperanza.

¿Cuántos años habían pasado desde su primer encuentro en Asís? ¿Diez? ¿Quince?

Entonces fue un poco extraño para todos. Nunca había sucedido que personas de mundos tan lejanos se encontraran: se sentían un poco como en el primer día de colegio.

Muy pronto, sin embargo, desaparecieron los temores. En el fondo, a todos ellos les importaba sólo una cosa: que el hombre volviera a ser una criatura con el corazón colmado de amor y de compasión.

Cuando entró en la sala, los huéspedes se pusieron de pie para saludarlo.

Después vino el momento del intercambio de regalos. Cada uno de ellos traía un recuerdo de su país y recibía otro del Papa.

Concluidos los saludos se pusieron a hablar sobre las razones de su encuentro. El mundo se estaba yendo a pique y era su deber tratar de salvarlo.

Habló el Dalái Lama, habló el Gran Rabino, el Imán, seguido del Gran Muftí, del Obispo anglicano y del luterano. Hablaron el Patriarca de Constantinopla y el Metropolitano ortodoxo del patriarcado de Grecia. Hablaron los pequeños monjes de Vietnam, los sintoístas, los hinduistas y los últimos herederos de Zoroastro.

Y todos —al final de su discurso— llegaban a la misma conclusión: gracias a las grandes conquistas del progreso, el hombre estaba convencido de ser Dios, pero no era Dios. De esa chapucera omnipotencia habían surgido —y seguían surgiendo— muchas catástrofes. El rico quería serlo cada vez más; al que era pobre no le quedaba otra alternativa que morirse de hambre, emigrar o embarcar en la chalupa del fanatismo. En el nombre del Omnipotente se realizaban todo tipo de infamias: guerras, matanzas, torturas, atentados. Así, el Altísimo se había transformado en una especie de asesino omnipresente.

Y, mientras, el planeta iba a la deriva. Los ríos estaban repletos de espuma tóxica, los bosques destruidos por la contaminación y, por las especulaciones, los mares saturados de veneno y de plástico. Las ballenas, las tortugas, los delfines morían sofocados por las bolsas de plástico.

En numerosas ciudades el aire era irrespirable y pronto escasearía el agua, por no hablar de los alimentos: demasiados para algunos y demasiado escasos para otros. El gran jardín de la tierra se había convertido en un vertedero a cielo abierto, pero a los seres humanos no parecía preocuparles excesivamente.

El aire del vertedero alcanzaba también a las personas. Ya no había respeto —ni amor ni atención— en las relaciones.

A lo largo del día se sucedieron las intervenciones y los testimonios. A pesar de la diversidad de culturas, experiencias y visiones del mundo, todos los presentes estuvieron de acuerdo en una cosa: el nombre de Dios debía volver a ser Santo.

La última reflexión, cuando la oscuridad envolvía los palacios apostólicos, la presentó el Dalái Lama.

—El hombre tiene muchas palabras en la cabeza —dijo—, pero ninguna raíz en la tierra. ¿Cómo se puede crecer sin raíces? ¿Cómo se puede alcanzar el Cielo? ¿Acaso puede existir la compasión sin el camino que une la tierra al Cielo?

La asamblea concluyó con esas palabras.

El Papa despidió a sus huéspedes citándolos para el día siguiente, para la gran oración en la plaza, y después, apoyándose en su bastón, se encaminó lentamente hacia su apartamento.

Al pasar ante una ventana del corredor, vio descollar la cima luminosa del gran abeto colocado en el centro de la plaza.

Haría falta un milagro, sí, pensó mientras iba a cenar, haría falta realmente un milagro para que el hombre lograra comprender su semejanza con los árboles.

15

La mañana del 25 de diciembre, la lluvia ligera había dejado paso a un pálido sol. Los adoquines brillaban aún por el agua y la temperatura no parecía ser demasiado inclemente.

Desde las primeras luces del alba, las personas que se hallaban en la plaza empezaron a moverse para ocupar los puestos más cercanos al altar. En el lado izquierdo, una gran torre de tubos de acero acogía varias cámaras de televisión. Una estructura similar se erigía enfrente de la basílica, en el lado opuesto de la plaza.

Como cada año, la liturgia de la misa de Navidad se transmitía al mundo entero. Sin embargo, esta vez, a diferencia de las anteriores, se decidió celebrarla al aire libre, en el gran atrio, para permitir que los máximos representantes de las demás religiones se unieran a la oración del Papa para la paz en el mundo. En las cornisas de la columnata abundaban ya desde el día anterior los agentes de seguridad, mientras otros se mimetizaban entre la multitud.

Todas las alcantarillas habían sido inspeccionadas y en el cielo, en lugar de la estrella cometa, había varios helicópteros en formación de guerra. El riesgo de un atentado era, como siempre, muy elevado.

Hacia las diez y media los cronistas conectaron los micrófonos a las telecámaras y empezaron a hacer las pruebas de audio.

A las diez y media también, Numa se presentó en la entrada de la madriguera y dijo lacónicamente: «Joven, hoy es Navidad».

Crik se comió entonces la última nuez. Sería un día duro y necesitaría de toda su energía.

Después se pusieron de acuerdo sobre el plan.

La ardilla bajaría al pie del árbol y la paloma, desde lo alto, con unas señales acordadas, dirigiría la operación.

—Gracias, Numa —dijo Crik antes de salir—. Sin ti y sin tus consejos, no habría sabido qué hacer.

Después, con sus patitas rosa rodeó el cuello color acero de su amigo y se quedó así un momento, en silencio.

Numa carraspeó para que no se notara el temblor de su voz.

—Déjate de melindres, joven. Es hora de irse.

—Estoy listo —exclamó Crik, y raudo y veloz se lanzó tronco abajo.

—¡*Fortuna audaces iuvat*! —le gritó Numa, levantando el vuelo.

A pesar de que la plaza estaba ya a rebosar, seguía llegando gente.

El primer «caballo de Troya» de Crik fue un monje más bien corpulento: el sayo que llevaba tenía el mismo color marrón rojizo que su pelaje y la capucha era casi demasiado profunda para esconderse.

Balanceándose en ella, hizo un buen trecho de camino. Pero cuando el monje se desvió hacia la columnata, Numa le obligó a saltar a la trenca de una niña de cabellos rubios.

—Mamá, algo me ha hecho cosquillas en el cuello —protestó la niña. Afortunadamente la madre no le hizo caso.

—¡No es posible! Hasta el día de Navidad tienes que quejarte de algo.

Pero ese transporte no duró mucho. En efecto, la madre se dirigía a los baños llevando a la niña de la mano.

Numa le indicó entonces que saltara sobre el cuello de piel de una señora mayor. Crik se aplastó en él con cierta aversión. Además del cuello, tenía también un broche de pelo en forma de ratón con ojos verdes como dos fondos de botella, y para mimetizarse mejor, Crik trató de poner una mirada vacía.

Ese pasaje se reveló providencial porque la señora, además de ser mayor y caminar mal, debía de contar con buenas amistades. Con la ayuda de un joven se abrió paso entre la muchedumbre y se colocó a pocos metros del palco.

El hombre de blanco no estaba todavía detrás de la mesa. Se encontraba algo más atrás, hundido en una especie de trono cubierto de telas rojas y doradas. En la cabeza llevaba un sombrero alto en forma de piña y esto tranquilizó bastante a Crik.

Un ser humano que se ponía en la cabeza una piña no podía odiar a las ardillas.

Dispuestos en arco detrás de él se hallaban sentados numerosos ejemplares de ancianos vestidos con trajes de todos los colores, como urogallos en la estación del celo. Algunos tenían la tez oscura como el pelaje de las martas.

Numa había seguido cada uno de sus desplazamientos y se encontraba por encima de él batiendo las alas.

Cuando el viejo Papa se levantó ayudado por su asistente gritó: «¡Ahora!», y aleteando con todas sus fuerzas se dirigió finalmente a resguardarse en la cornisa.

Lo que ocurrió en los minutos sucesivos dejó a todo el mundo sin aliento.

Antes de que el Santo Padre abriera la boca dio la sensación de que alguien, desde las primeras filas, le lanzaba un objeto oscuro.

Un escalofrío sacudió al público del mundo entero.

El objeto misterioso dio un brinco sobre el inmaculado mantel y saltó a la tiara del Papa.

Las voces de los cronistas sonaron agitadas. Por primera vez la habitual rutina de la misa de Navidad se estaba transformando en un acontecimiento extraordinario. Se pusieron a hablar con voz entrecortada, superponiendo las palabras como si en lugar de la crónica de una liturgia estuvieran retransmitiendo un partido de fútbol importante.

—Increíble, alguien de las primeras filas ha querido atentar contra el Santo Padre. Quizá un desequilibrado, inadvertido por los controles, o, más probablemente, se trata de la acción de algún grupo terrorista, un ataque al corazón de la cristiandad en su día más querido. Las dimensiones del objeto hacen pensar en una bomba

de mano o una granada, pero un momento...,
¡atención! Increíble, el objeto se mueve, salta
sobre la cabeza del Papa que permanece impasible. Por suerte no estalla pero... pero... nos
preguntamos si los servicios de seguridad...

En la plaza se produjo un gran bullicio.

Las pantallas gigantes de los lados reprodu-
cían fielmente las imágenes de un Santo Padre
gigante con una ardilla también muy grande
erguida sobre su cabeza.

Desde sus posiciones aéreas, los francotiradores tenían ya el dedo en el gatillo. Eran los
únicos que no estaban extrañados, sabían desde hacía tiempo que grupos terroristas utiliza-
ban animales amaestrados para sus fines crimi-
nales: como en el caso de los delfines cargados
de explosivos, por lo tanto también una ardilla debidamente cargada podría sembrar la
muerte.

A pesar de la rigurosa temperatura de diciembre, y la tendencia a la sangre fría, los tiradores
de élite sudaban. El animal estaba terriblemen-
te cerca de los puntos vitales del objetivo que
había que proteger.

Como si no bastara, los dos monaguillos ado-
lescentes y larguiruchos a los lados del Papa, en
lugar de apartarse para permitirles cumplir con
su trabajo, se habían quedado inmóviles y bo-

quiabiertos, como si en vez de una ardilla, sobre la tiara, hubiera aparecido la Virgen.

Las consultas a través de los auriculares se volvieron febriles.

—¿Esperamos a que se desplacen?

—Normalmente pasan diez segundos antes de que estallen.

—Nueve..., ocho..., siete...

—No podemos arriesgarnos.

—¿Qué flanco disparará?

—El flanco D.

—¡Que Dios nos proteja!

La silueta de la ardilla estaba perfectamente centrada en el visor electrónico de un fusil de alta precisión.

Las telecámaras la habían encuadrado, y Crik se vio en equilibrio sobre la punta del tocado y se sorprendió: ¿cómo podía ser tan grande?

El Papa también se vio —y la vio— en la gran pantalla, pero en vez de echarla y pedir ayuda, cogió delicadamente la tiara y su pequeño huésped entre las manos y lo depositó delante de él sobre el altar.

Luego con un gesto solemne y autoritario abrió los brazos, como diciendo: ¡quietos todos!

Los periodistas estaban fuera de sí por la excitación.

—Queridos telespectadores, estamos viviendo

un momento histórico, perdón por el término, pero es una verdadera locura. ¡Una locura! El Papa y una ardilla, el Papa está poniendo la ardilla sobre el altar. Ni siquiera un escritor de ciencia ficción hubiera podido imaginar algo similar. ¿Con qué se puede comparar? ¿Con la conquista de la luna? ¿Con la invención de la pólvora?

Estos comentarios se sobreponían en todas las lenguas del mundo.

En las casas, quien dormitaba delante de la televisión se espabiló de golpe, llamando a sus seres queridos.

—Lucilla, cariño, ven. El Papa ha sacado una ardilla de su sombrero.

—Bah —comentaba alguno con desprecio—. Con tal de captar fieles, se pone a hacer incluso de prestidigitador.

—¡Un milagro! —murmuraban las viejecitas en un asilo—. ¡Un milagro!

Aunque no quedaba muy claro qué tipo de milagro podía ser la aparición de una ardilla en San Pedro.

Los tiradores de élite se miraban estupefactos. Aquel gesto del Papa quería decir: no actuar. ¿Acaso podían desobedecer su voluntad? Y, al mismo tiempo, ¿podían arriesgar su vida?

Si le sucedía algo al Papa se les inculparía, pero si traicionaban su voluntad, sería aún peor.

Mientras, habían pasado más de diez segundos y el artefacto no había estallado.

Cuando vieron al Santo Padre mostrar una gran sonrisa pensaron que quizá los terroristas habían sido más astutos y que, en lugar de explosivo, habían cargado al animal de un gas letal capaz de modificar la química del cerebro.

Esa sonrisa, que tanto inquietaba a los francotiradores, tranquilizó a Crik. Era una sonrisa buena. Parecía invitarle a abrir su corazón, exactamente como le había sugerido Numa.

Y así lo hizo Crik. Con espíritu sereno, acompañando los puntos más importantes del discurso con gestos de sus patitas rosas, le habló largamente al hombre que tenía delante.

Lo que le dijo, durante esos pocos e intensos minutos, es un misterio que probablemente nunca será revelado.

Lo único que era posible ver en las pantallas gigantes eran sus ojos —puntas de alfiler negras como el carbón—, sus pequeñas patas rosas en movimiento y el rostro absorto del Papa que de vez en cuando asentía con seriedad.

—Increíble —comentaban los cronistas que retransmitían a todo el mundo—, parece que el

Santo Padre está hablando con una ardilla. No, es más bien la ardilla la que está hablando con Su Santidad, al menos eso parece. Queridos telespectadores, esto es alucinante...

Distintas hipótesis pasaban de una televisión a otra.

—Puede que sea debido al estrés causado por estos días de intensas celebraciones. O quizá es la confirmación de las voces que corren desde hace meses del avance imparable de la enfermedad que padece el Papa, que compromete sus facultades intelectuales. Debemos esperar, de todas maneras, el comunicado de la oficina de prensa. Puede que en breve haya una intervención del maestro de ceremonias del Vaticano. Es un momento muy delicado. Parece que el secretario ha llamado al médico personal del Pontífice para que vaya. Sin embargo, queridos telespectadores, son imágenes que jamás habríamos pensado ver y que no olvidaremos nunca. Una ardilla en audiencia.

Cuando Crik dejó de hablar la plaza se quedó inmóvil, sin aliento, durante un instante que pareció eterno. En ese silencio el hombre de blanco le ofreció su tembloroso brazo a Crik, que saltó encima y de ahí alcanzó el hombro.

Luego, con un esfuerzo, el Papa se volvió a colocar la tiara sobre la cabeza, apartó los folios de la homilía que había preparado, aferró su bastón y con paso incierto abandonó el altar.

—¿Qué hace? —murmuraron entre ellos atónitos los obispos y sacerdotes—. Se ha vuelto loco. Alguien debe detenerlo. Está en juego nuestro prestigio. Estamos retransmitiendo para todo el mundo.

Pero el Papa no los oía. Con la ardilla en el hombro, se dirigió lentamente hacia la gran escalinata.

La multitud que abarrotaba la plaza estalló en un gran clamor.

—¡Viva el Papa! —gritaban los fieles, entusiasmados por el imprevisto cambio de programa.

—Viva el Papa y viva la ardilla —añadió alguna voz temeraria.

Asustado por la confusión y el ruido, Crik intentaba esconderse en la nuca del hombre de blanco.

El Papa levantó la mano libre de bastón para acallarlos. En su mirada había una seriedad herida que infundía temor.

—Queridos hermanos y queridas hermanas, hoy es un día lleno de alegría para todos nosotros. La Navidad es la fiesta de la luz que irrumpe en las tinieblas. Durante muchos años os he hablado de estas tinieblas, de este amor. Pero ahora el que tenéis delante es un viejo Papa cansado. Y, como todos los ancianos, también se siente nostálgico. Por eso hoy os hablaré de los árboles.

Después de estas primeras palabras se interrumpió, inclinando la cabeza, absorto en un largo silencio.

Las televisiones aprovecharon para lanzar una pausa publicitaria. La audiencia en ese momento debía de ser altísima.

La sala de prensa, mientras, difundía un comunicado que recordaba las ya precarias condiciones de salud del Santo Padre. Su médico personal, llegado al lugar de la escena, estaba preparado para intervenir en caso de desfallecimiento.

Luego, el Papa se recuperó, levantó la mirada y continuó.

—Queridos hermanos y queridas hermanas, a lo largo de los años de mi pontificado, cada Navidad, he tenido ante los ojos un magnífico abeto como éste. Lo he considerado siempre como un simple elemento del paisaje o, como mucho, un recuerdo nostálgico de mi infancia. Sólo hoy he abierto los ojos, sólo hoy, de repente, he comprendido: ¡este árbol somos nosotros! Este árbol ahora sin raíces es la representación de nuestra vida. Miradlo. Sus ramas se extienden majestuosas como si quisieran abrazar el aire. Brillantes elementos decorativos lo cubren de la cabeza a los pies, y sin embargo se está muriendo. Dentro de un mes, o incluso menos, de él no quedará más que un esqueleto desnudo.

»Queridos hermanos y queridas hermanas, sin raíces no hay alimento y sin alimento no hay verdadera vida. ¿Acaso no es esto lo que hemos hecho de nuestra existencia? Corremos siempre, corremos como si nos persiguieran, pero ¿de qué huimos sino de nuestro miedo?

»Y si corremos siempre, ¿cómo podemos hundir nuestras raíces en la tierra?

»Y si no hundimos nuestras raíces en la tierra, ¿cómo podemos alzar la mirada hacia el Cielo?

Ahora hablaba con un hilo de voz.

—Nuestra vida es como la de los árboles, la semilla germina y busca la luz. Sigue buscándola y alimentándose de ella toda su vida. Por eso os digo: acordaos de la luz y de la semilla. La semilla del amor descansa en el corazón de los hombres. Puede dormir durante días, meses, años, pero no muere. Esa semilla es la huella del Padre. Esa semilla nos convierte a todos en hermanos, todos igualmente capaces y necesitados de amor.

El Papa calló. El cansancio parecía haberlo dominado.

Una ambulancia llegó discretamente al pie de la escalinata.

—Por eso, queridos hermanos y queridas hermanas, en esta noche, en la noche en que las tinieblas acogen la luz, os digo, acoged la luz, haced germinar esa pobre semilla que espera en silencio en el fondo de vuestros corazones. Y no tengáis miedo, su fuerza lo puede todo.

Sus últimas palabras seguían vibrando en el aire cuando el Papa empezó a bajar la escalinata para dirigirse hacia el centro de la plaza, con Crik sobre su brazo.

La multitud se abrió ordenadamente, formando un pasillo para dejarlos pasar. Nadie hablaba, nadie gritaba «Viva el Papa». Los teléfonos móviles seguían guardados en los bolsillos y en los bolsos.

Cuando llegó debajo del gran árbol, el Papa lo abrazó. Sintió en su mejilla la áspera corteza. El perfume de la resina era el perfume de su juventud.

Cuántas veces, paseando por los montes de Tatra, el Altísimo le había hablado con el murmullo de las frondas. En esos instantes parecía que el tiempo abrazaba ya la eternidad.

Rememorando las emociones de aquellos días tan lejanos sintió que se le saltaban las lágrimas.

No hizo nada para retenerlas. Resbalaban por su rostro, mezclándose con aquellas más densas esparcidas a lo largo de la corteza.

El Papa acarició el árbol.

—Que Dios te bendiga —murmuró— y dirija su mirada hacia ti, gran catedral verde.

Crik bajó por su brazo, saltó al tronco y subió corriendo. Cuando llegó a su madriguera, se detuvo a mirar hacia abajo al pequeño hombre de blanco.

Vistas desde allí, sus lágrimas —las del Papa y las del árbol— brillaban como si albergaran dentro de ellas un minúsculo sol.

Crik estaba aturdido por toda esa confusión.

¿Se había producido el milagro?

¿No se había producido?

No sabiendo aún en qué consistía, no era capaz de entenderlo.

Pero las miradas improvisadamente luminosas de aquellos seres humanos parecían confirmar que algo extraordinario había sucedido en la plaza. Pero ¿qué era?

Mientras Crik estaba absorto en estas reflexiones, el Papa levantó las manos hacia él:

—Que el Señor te bendiga a ti también, humilde criatura enardecida de amor, y te conceda una larga vida y una aún más larga descendencia.

Ante esas palabras, Crik sintió una calidez que lo recorrió desde la punta de la nariz hasta la punta de la cola.

El Papa se quedó un momento mirándolo y sonriendo, como si quisiera darle las gracias por algo. Luego se volvió lentamente hacia la plaza, dejó el bastón y levantó los brazos de manera solemne para la bendición que todos esperaban.

Muchas personas se arrodillaron, mientras algunos prelados, con el rostro ensombrecido, murmuraban entre ellos: «Sólo falta que diga: "Viva las ardillas"».

—Que el Señor os bendiga —proclamó en cambio con voz extrañamente joven— y os haga crecer altos, fuertes y deseosos de luz como los árboles. ¡Que el Señor os bendiga y conceda a vuestros corazones la misma Sabiduría que les ha concedido a los pájaros para construir sus nidos! El mismo amor para criar a vuestros hijos. Que el Señor os haga sentir nuevamente parte de la creación, os bendiga y restituya a vuestros ojos, a vuestras mentes, a vuestros corazones, a partir de hoy y para siempre, la alegría de la maravilla.

Durante un tiempo infinitamente largo sus palabras quedaron suspendidas sobre la plaza inmóvil y silenciosa. Hasta los cronistas estaban callados y quietos con el micrófono en la mano, como si fuera un helado que ya no les apetecía comer. Parecía que un mago hubiera realizado un sortilegio.

Una bandada de palomas en formación compacta cruzó la plaza veloz como una flecha, el ruido seco de sus alas rompió el hechizo.

De repente, un gran «Oooh» se elevó de la plaza y las miradas de la multitud se dirigieron hacia el pesebre.

Durante un instante, les pareció a todos que Jesús agitaba las manos sonriendo como sonríen los niños cuando son felices, mientras la vaca movía la cola y el asno sacudía las orejas.

Todos los representantes religiosos habían escuchado en silencio las palabras del anciano Papa. Sentían que reflexiones idénticas habrían podido salir igualmente de sus bocas. El Creador era uno solo y quería una sola cosa, que los hombres vivieran en paz aprendiendo a crecer en la misericordia y en la compasión.

Cuando el Papa abrazó el árbol, en un remolino de túnicas y hopalandas, ellos también empezaron a abrazarse susurrándose los unos a los otros bendiciones y palabras de paz.

—Que la semilla del amor germine en nuestros corazones —repetían en todas las lenguas—, que la Luz del amor la alimente en el tiempo y en la eternidad.

Los cronistas tenían la garganta seca.

—Un momento que permanecerá en la historia. Una ardilla. No, el Santo Padre, o mejor dicho un árbol, es decir una ardilla. El Patriarca de Constantinopla está abrazando al Dalái Lama. El Gran Rabino y el Gran Muftí se sonríen, estrechándose las manos. Es un momento histórico, un gran momento. Un momento que nunca habríamos imaginado que veríamos con nuestros ojos.

En ese instante las campanas empezaron a repicar a fiesta y las personas, como liberadas de un hechizo, comenzaron a moverse. Algunas tenían los ojos brillantes, otras lloraban sin freno. Todos se abrazaban con miradas luminosas repitiendo:

—Paz en los corazones. Paz. Paz. Amor.

También en las casas, los matrimonios que no se hablaban desde hacía años se estrechaban con el rostro inundado de lágrimas. ¿Cómo hemos podido vivir tantos años con el corazón vacío como una nuez seca?

Perdón. Perdóname.

Feliz Navidad. Feliz Navidad.

16

A la mañana siguiente, temprano, una grúa altísima llegó a la plaza de San Pedro seguida por el largo remolque de un camión.

El tiempo había cambiado de nuevo, la temperatura había bajado y nubes oscuras se cernían en el cielo. Los hombres trabajaban rápido, seguidos por la atenta mirada de un grupo de palomas, en fila sobre la columnata.

Numa se encontraba entre ellas y estaba precisamente contándoles a sus amigos el importante papel que había tenido en el evento.

—Si no se me hubiera ocurrido el plan, todo seguiría aún parado en el punto de partida. Mejor dicho, en el punto de llegada. Un árbol seco, una ardilla muerta y un Papa triste.

Había saludado a Crik la noche anterior en su madriguera.

—¿Vendrás a verme? —le había preguntado la ardilla.

—Si en vuestra tierra hay también árboles que no pinchan... —respondió Numa.

A las diez el gran árbol estaba nuevamente atado en el remolque del camión.

Asomado a la ventana de su estudio, el viejo Papa seguía toda la operación. La tristeza de los días precedentes parecía haberse desvanecido. Se sentía ligero y joven, nuevamente abierto a la esperanza.

Cuando, con complejas maniobras, el vehículo consiguió abandonar la plaza y meterse por la calle de la Conciliación, lo saludó, apoyando la mano abierta contra el cristal de la ventana:

—Adiós, catedral verde; adiós, pequeña ardilla llena de pasión.

Una bandada de palomas acompañó el camión hasta la entrada de la autopista. Volaban en formación militar y, por supuesto, Numa iba a la cabeza, con los ojos brillantes.

—Adiós, joven; adiós, árbol que pincha —susurró mientras el largo transporte se alejaba y desaparecía en dirección a Florencia.

A la primera luz del alba del día siguiente, las motos de nieve irrumpieron en el silencio de la naturaleza.

—¿Qué ocurre? —preguntaron los alerces todavía dormidos con voz estridente.

Cuando vieron lo que sucedía, enmudecieron de golpe.

Nunca nadie, en la historia del bosque y de todos los árboles del mundo, había logrado regresar de una carpintería.

Todo ese ruido despertó a los latifolios.

—¿Qué es todo ese alboroto? ¿Qué ocurre?

—El gran árbol ha vuelto.

—Vaya broma de mal gusto. Es imposible.

—Para él nada es imposible —replicaron orgullosos los abetos de las primeras filas.

En un par de horas, con cuerdas y puntales, lo colocaron nuevamente sobre la base del tronco. Muchas de las ramas más grandes estaban ahora desnudas y también las más jóvenes se encontraban un tanto malparadas.

—Habrá vuelto —observaron los alerces—, ¡pero mirad en qué estado!

—Es sólo una payasada para impresionarnos.

—Su acostumbrada manía de grandeza. Yo puedo hacer lo que vosotros no podéis.

—¿Y quién se lo cree? —se carcajeó un alerce, particularmente torcido—. Quien ríe el último ríe mejor.

En cuanto lo depositaron sobre sus raíces el gran árbol sintió que lo recorría un hormigueo desde la raíz principal hasta la cima, como si alguien le estuviera haciendo cosquillas. No era una sensación desagradable. A decir verdad, se sentía aún algo entumecido.

¿Qué me ha pasado?, se preguntó. Es como si hubiera dormido mucho tiempo, a lo mejor he soñado.

Más que un sueño, en realidad, le parecía una pesadilla. Recordaba fugazmente el siniestro ruido de las sierras, seguido de un dolor agudo en la base, cerca de las raíces y luego la terrible impresión de sentir cómo se estrellaba contra el suelo con un espantoso estruendo.

A lo mejor he soñado que me moría porque estaba muy cansado, incluso creo haberlo deseado. ¡Qué locura!

El gran árbol se estiró feliz, haciendo crujir todas sus ramas. Este largo sueño me ha sentado muy bien, estoy lleno de energía.

En su guarida, mientras, Crik esponjaba las hojas de tilo para reemprender finalmente el merecido descanso invernal, cuando sintió temblar el suelo y las paredes. Pataleó.

—¿Gran árbol? ¿Estás vivo? ¿Estás despierto?

El abeto se estiró de nuevo.

—Sí, pero me siento un poco raro, tengo muchas imágenes en la cabeza, no comprendo lo que me ha sucedido. ¿He dormido mucho? ¿O acaso estoy perdiendo facultades, como todos los viejos?

—Se ha producido un milagro —respondió Crik, metiéndose debajo de las hojas.

—¿Un milagro? ¿Y qué es un milagro?

Crik bostezó ruidosamente.

—Te lo explicaré en primavera, cuando me despierte —dijo con un hilo de voz.

La nieve cubría el claro y en los alrededores se percibía la tranquilidad del invierno, interrumpida sólo por los gritos roncos de un arrendajo que buscaba su reserva de comida debajo del manto de nieve.

Al alba, una pareja de pinzones reales se posó sobre sus ramas heladas. El frío había hinchado sus rojas plumas que despuntaban sobre la blancura del paisaje como dos grandes cerezas.

Fue el marido, con un breve golpe de tos, el que empezó a hablar.

—Disculpe, gran árbol, sé que me he adelantado un poco, pero mi mujer y yo estamos en lista de espera desde hace años. Queríamos saber si este año, por casualidad...

—Por supuesto, este año está todo libre y...

El pinzón real emitió un trino de felicidad.

—¿Has oído, cariño? ¡Está todo libre!

No fue fácil decidir en qué piso hacer el nido. Él quería a toda costa el ático, mientras que ella lo consideraba demasiado peligroso por el viento. Al final, la mujer se salió con la suya y escogieron el piso veinte.

Otros pájaros acudieron para reservar una rama. Antes del mediodía la fila era ya muy larga: jilgueros, reyezuelos, verderones, piquituertos y paros carboneros esperaban pacientemente su turno.

Por la tarde, del cielo volvió a caer nieve. Los corzos avanzaban lentamente en torno al claro buscando líquenes para pastar.

El gran árbol se sentía todavía entumecido, necesitaba descansar un poco.

¿Cuánta nieve habrá allí abajo?, se preguntó antes de adormilarse: ¿medio metro, un metro? A lo mejor en primavera recibiría la bonita sorpresa de ver despuntar, no muy lejos, un pequeño heredero.

Trescientos años, pensó mientras la luz desaparecía detrás de las cumbres, trescientos años es el tiempo justo para asegurarse una descendencia.

Muy pronto los días se alargarían y los pájaros volverían a cantar entre sus ramas, dando inicio a la estación del celo y a la construcción de los nidos.

¿Cómo se le habría ocurrido la idea de irse para ser el palo de un velero?

Con el retorno del gran abeto volvieron también las murmuraciones.

—Pues me estaba apenas empezando a acostumbrar al sol y a sus beneficios, y ¿qué hace él? ¡Toma! ¡Vuelve y me cubre de sombra!

—¿Cómo podemos curarnos del reumatismo y del raquitismo cuando él hace cualquier cosa para impedírnoslo?

—¿Y por qué crees que lo hace? Porque teme que lo superemos. Tiene miedo de que alguien nos mire a nosotros en lugar de mirarlo a él.

—Ah, ir a la carpintería no le ha servido de nada. Ha vuelto igual de arrogante y orgulloso que siempre.

—Quiere sobresalir y no se pregunta si tiene las condiciones para hacerlo. No basta con ser alto, se necesita también cabeza.

—Es más, normalmente los gigantes suelen ser tontos.

—¿Queréis saber una cosa? —intervino un haya ácida—. Ahora que está él, ya no puedo hablar con mi prima del otro lado del claro.

—Y pensar que en sueños lo he visto transformado en una tonelada de palillos de dientes —confesó un alerce.

—Bonito sueño —respondió el coro de árboles—, pero los sueños, sueños son.

Envuelta en su cola y en una suave capa de hojas de tilo, Crik también soñaba.

Pronto el perfume del aire cambiaría y las ardillitas empezarían a salir de sus madrigueras.

Él también se despertaría y, subiendo y bajando por los troncos, perseguiría a la que tuviera la cola más pelirroja y la mirada más dulce.

Luego, una tarde de mayo la llevaría hasta la cima del gran árbol.

Allí arriba, mejilla contra mejilla, mirando la rosada luz del atardecer, se comerían juntos la nuez de compromiso.